# A Sua Alma Viverá Para Sempre

**Dilene Leila Swofford**

Copyright © 2025

Todos os Direitos Reservados

BROCHURA: ISBN: 978-1-970378-14-6

CAPA DURA: ISBN: 978-1-970378-15-3

# Dedicação

Ao meu amado esposo, David Layne Swofford, e ao meu precioso filho, Anders Charles Herrman— vocês são a essência  da minha história e a luz que ilumina os  meus dias.

Que nossas almas sigam sempre juntas na fé, no amor e na esperança eterna que encontramos em Jesus Cristo.

# Agradecimentos

À minha irmã, Jane Leide de Moraes: Sou profundamente grata pelo seu apoio constante e pelas palavras de encorajamento que me sustentaram.

À minha cunhada, Lori Swofford Vargas:

Agradeço pela cuidadosa revisão do livro, ajudando a lapidar a gramática e a pontuação da versão em inglês após a revisão editorial.

Principalmente a Deus e a Jesus, que têm sido minha inspiração e luz orientadora ao longo desta jornada de escrita. Sua sabedoria, graça e orientação divina me inspiram a compartilhar quão incrível e poderoso Ele é. "Este livro é dedicado para honrar e glorificar Seu nome, Jesus Cristo de Nazaré, um nome que tem poder sempre que é mencionado."

Esta dedicatória é sincera e reconhece a obra de Deus como fonte de inspiração, transformação e orientação em minha vida. Reflete uma profunda gratidão e reverência a Deus por Sua presença e influência ao longo desta abençoada jornada!

"Ao meu querido esposo, Layne, sua paciência infinita, amor e incentivo foram fundamentais durante o processo de conclusão deste livro. Serei eternamente grata pelo seu apoio inabalável e por acreditar em meus sonhos."

"Ao meu querido filho, Anders, de quem me orgulho por ser um jovem virtuoso, moldado e transformado em luz por Deus. Eu o vi crescer no caminho de Jesus, e ele me ajudou, sendo usado pelas mãos de Deus para me restaurar e me trazer de volta ao eterno, salvando nosso lar. Deus age em mistérios."

Às vezes, Deus nos quebra em pedaços em situações que não entendemos imediatamente. No entanto, quando você está disposto a colocar tudo em Suas mãos e pedir Sua ajuda, Ele o restaurará e lhe dará tudo em dobro: felicidade, confiança e, acima de tudo, a capacidade de lidar com adversidades, superar problemas e se adaptar a situações difíceis. Você se tornará resiliente, e Ele aumentará sua fé. Quando olhar para trás, perceberá que tudo pelo que passou, que o quebrou em mil pedaços naquele momento, que o machucou, o deixou abatido, não foi fácil e não era o que você havia planejado, mas nosso Pai Deus permitiu tudo para que você encontrasse o caminho certo.

Ele já conhecia o resultado, e tudo foi para o seu bem. Você não percebeu na época. Mas agora tudo está tão claro porque Deus retirou a venda de seus olhos, e você vê o que não via antes. Esses cacos, pedaços quebrados, todos se juntam novamente e se tornam mais resilientes.

É assim que, às vezes, Deus trabalha: Ele nos quebra para nos fortalecer e nos fazer crescer.

Ganhamos mais confiança n'Ele, mais compreensão e a certeza de que Deus está no controle de todas as coisas. Este é um processo necessário de transformação e purificação.

Às vezes, pedimos a ajuda de Deus e, quando a tempestade chega, perguntamos: "Senhor, por quê?" Mas o que hoje nos fere pode ser o próprio caminho que Ele estabeleceu para nos curar e transformar. Deus, em Sua infinita sabedoria, transforma a dor em aprendizado, o silêncio em direção e as provações em pontes para o destino que preparou.

Nada acontece por acaso quando caminhamos com Ele. Mesmo lágrimas tem propósito — elas regam as sementes da fé que floresceram no tempo certo.

1 Pedro 1:7

Isto acontece para que a genuinidade provada de sua fé — de valor maior do que o ouro, que perece mesmo sendo refinado pelo fogo — resulte em louvor, glória e honra quando Jesus Cristo for revelado.

# Sobre a Autora

Dilene Leila Swofford é cidadã brasileira e americana. Nascida no Brasil, é formada em Desenho em Computação Gráfica pela Universidade Unopar, em Londrina, e também é licenciada em Óptica (LDO) no estado da Geórgia.

Ela vive entre a Flórida e a Geórgia há mais de 26 anos. Dilene é trilíngue – fluente em português, espanhol e inglês.

Este é seu primeiro livro, inspirado no momento em que sua vida foi completamente transformada através de um encontro pessoal com Jesus Cristo.

Quando Jesus toca seu coração, sua vida jamais será a mesma!

Saiba que este livro nasce da minha experiência pessoal e da minha jornada de fé. Ele reflete o que Deus tem feito em minha vida, as lições que aprendi estudando a Bíblia, frequentando a igreja e caminhando lado a lado com Ele ao longo dos anos.

Reconheço que cada pessoa tem sua própria trajetória espiritual, e que outras perspectivas podem trazer interpretações diferentes. Ainda assim, compartilho estas páginas com o coração aberto, na esperança de que minha história e meus aprendizados possam tocar, inspirar e fortalecer aqueles que as lerem, principalmente para ajudá-los a encontrar o caminho, lembrando que somente Deus pode trazer a verdadeira salvação.

Meu objetivo não é convencer ninguém de que minhas palavras são a verdade absoluta. Ao contrário, minha esperança é encorajá-lo a estudar a bíblia por conta própria, buscar compreensão e sempre testar o que os outros dizem — inclusive eu — à luz da verdade da Palavra de Deus. Que a Bíblia seja sempre seu guia supremo.

# Índice


Dedicação ...................................................................... i

Agradecimentos ............................................................... ii

Sobre a Autora ............................................................... v

Sussurros de Propósito: A História Que Me Escolheu ............... 3

Para Quem Este Livro Foi Escrito ................................... 6

Como Você Pode Salvar Sua Alma, Que Viverá Para Sempre? .... 9

Você Sabe Para Onde Sua Alma Vai Quando Você Morre? ....... 10

Se Você Não Tem Certeza Sobre o Destino da Sua Alma, Descubra o Mais Rápido Possível ................................... 12

A Bíblia Dá Vários Exemplos de Como é o Inferno .................... 14

A Conexão entre Espírito, Alma e Corpo ............................ 16

Aceitar Jesus ou Rejeitá-Lo? ...................................... 21

O Que Fazer Para Receber Jesus .................................... 23

Fé ............................................................................. 25

O Que Significa Jejuar e Orar? ..................................... 27

A Palavra de Deus ...................................................... 30

Jesus É Conhecido em Todas as Nações e Nos Oferece Múltiplas Oportunidades de Aceitá-Lo ou Não ................................. 32

Como a Oração Move Montanhas .................................... 34

O Deus Invisível, Mas Poderoso o Suficiente para Nos Proteger .................................................................. 38

O Que Devo Fazer: Aceitar a Verdade de Deus ou Seguir as Doutrinas Deste Mundo? .............................................. 41

O Mundo Carnal e Espiritual ....................................... 43

Você Sabe Como Superar o Mundo Carnal? ........................ 48

Oração: A Intervenção de Deus ............................................50

Os Sonhos de Deus São Incomparáveis aos Sonhos Humanos..53

Deus Abrirá Seus Olhos: Servindo ao Criador ou à Criação? .....55

Testemunho .............................................................57

Decisões Que Podem Mudar Sua Vida e Seu Futuro .............59

O Amor de Deus Não Tem Limites. ............................................63

Desapegue-se das Suas Circunstâncias e Foque em Deus e em Jesus. ...........................................................................65

Às Vezes, Deus Muda Seus Planos para Nos Abençoar. ...........67

O poder de Deus em Tempos de Instabilidade. .........................71

Relacionamento Pessoal com Deus. ............................74

Fazer Parte da Família de Deus ............................................76

O Cuidado de Deus. ............................................................78

Oração: Colocando Sua Família e Seu Futuro no Altar do Senhor. ...........................................................................81

Confiando em Deus em Tempos Difíceis. ...............................83

Oração: Promessas do Senhor que Transformam e Curam .......85

Seja Forte e Corajoso ............................................................86

Oração e Jejum: Curando Doenças. ............................88

O Deus Vivo que Nos Chama de Volta ...............................89

Não Temos Muito Tempo: Jesus ou o Mundo? .........................91

Salmos 121 (Escudo de Proteção)............................................93

Oração: A Fidelidade de Deus para Conosco .............................97

Deus Existe Sozinho ............................................................99

Medo e Fé Não Podem Ocupar o Mesmo Espaço. Um Paralisa o Outro...........................................................................100

Como Você Encará os Segredos Sombrios da Sua Vida, os "Esqueletos" que Ninguém Mais Vê? ........................................106

Batalha Mental e Espiritual ........................................109

O Que Devemos Priorizar em Nossas Vidas? ........................113

Se Jesus Voltasse Hoje, Você Estaria Preparado? ..................116

Invista na Sua Salvação ........................................118

Quando o Tempo Termina, a Eternidade Começa ..................120

Sua Oração Tem Poder ........................................122

Sentimentos do Passado e do Presente: Caminho para o Perdão ........................................124

Um Suspiro para a Eternidade. ........................................127

Permaneça Firme em Seu Deus ........................................131

A Base da Nossa Família: Valores que Nos Formaram ..........134

Sentimentos e Espíritos ........................................136

Israel: O Centro do Propósito Divino ........................138

Quando Deus Preenche. ........................................142

Deus Não Vê as Pessoas da Maneira que as Vemos: Deus Vê o Coração ........................................144

Vendo o Invisível: O Deus dos Detalhes ........................146

Jesus e a Ovelha Perdida ........................................148

Problema Espiritual ........................................150

Estamos Prontos, Senhor ........................................153

A Promessa de Jesus Para Cada um de Nós. ........................156

Não Deixe a Ira Controlar Sua Vida—Você Serve a um Deus Vivo, Capaz de Transformar Tudo ........................................159

O Seu Nome Está Registrado no Livro da Vida? ..................162

Como Saber com Certeza que Seu Nome Está no Livro da Vida?
..................................................................................164

Oração de Entrega ao Senhor ...............................................166

**Amizade** ........................................................168

**Você sabe para onde sua alma irá quando deixar este mundo passageiro — se estará na presença de Jesus ou será separada d'Ele para sempre, sem possibilidade de retorno ou mudança?**

Como você pode salvar sua alma, que viverá para sempre?

Comece sua transformação interior e exterior e conheça os mistérios de Deus.

Ou viva os prazeres do mundo carnal temporário e perca sua salvação. A decisão é sua!

# Sussurros de Propósito: A História Que Me Escolheu

Uma coisa incrível aconteceu enquanto eu trabalhava neste livro.

Originalmente, *A Sua Alma Viverá Para Sempre* deveria ser meu segundo livro. Meu primeiro livro seria um testemunho profundamente pessoal — compartilhando minha jornada de vida, o caminho que Deus me conduziu e como me tornei a pessoa que sou hoje. Já havia escrito mais de 30 páginas, reunindo pesquisas e feito perguntas a membros da família. Durante dois anos ou mais, tentei finalizá-lo, mas, por mais que me esforçasse, não conseguia me concentrar totalmente.

Então, algo inesperado aconteceu: um simples erro — e todo o manuscrito desapareceu, acidentalmente deletado. Foi um momento desanimador e cheio de emoção. Mas, na tentativa de recuperá-lo, comecei a ler anotações antigas, orações e reflexões — textos que eu havia escrito enquanto vivia nos Estados Unidos. Ao lê-los, algo transformador ocorreu: Deus começou a mover meu coração de uma maneira totalmente nova.

Em vez de continuar escrevendo sobre minha própria vida, senti algo despertar em meu coração: Deus me chamava para algo diferente — algo urgente, algo que não poderia esperar. Ele queria que eu falasse sobre a salvação, sobre a transformação da alma e do coração, sobre a verdade que só vem d'Ele. Naquele momento, Ele não queria que eu me concentrasse na minha própria história; Ele queria que eu me voltasse para Ele e percebesse como, ao longo da minha trajetória, eu poderia transformar as lições de vida que aprendi em algo capaz de ajudar outras pessoas.

Cada um de nós é único, e Deus nos toca de maneiras que só Ele conhece. À medida que crescemos em nosso relacionamento com Ele, aprendemos a ouvir o Espírito Santo com mais clareza, a sentir Sua presença em cada detalhe de nossa vida. Por muito tempo, carreguei um desejo silencioso de ajudar as pessoas, mas não sabia como. Experimentei caminhos diferentes, busquei maneiras de fazer o bem, mas sempre sentia que Deus tinha algo maior reservado para mim.

Então comecei a orar de todo o meu coração, pedindo que Ele revelasse o dom escondido dentro de mim — o propósito que Ele havia preparado com tanto cuidado para minha vida. Meu desejo não era o reconhecimento; queria apenas conduzir os outros ao seu propósito, guiá-los à salvação e glorificar, acima de tudo, o Seu nome. E assim, passo a passo, palavra por palavra, Ele começou a me mostrar que a verdadeira obra não é sobre mim — é sobre Ele.

Este livro é o resultado daquela oração. Não fazia parte do meu plano original, mas estava claramente nos planos de Deus. Alguns dias eu escrevia por uma hora, e em outros dias apenas por alguns minutos. Às vezes, semanas — ou até meses — passavam sem progresso. A vida estava cheia de distrações, e muitas vezes eu não estava totalmente comprometida. Ainda assim, continuei anotando ideias e inspirações, acreditando que, eventualmente, elas se juntariam.

Quase um ano se passou. Então, um dia, algo mudou. Comecei a pensar no livro todos os dias. Um profundo senso de urgência e convicção pesava em meu coração. Eu havia pedido a Deus para me mostrar como ajudar os outros — e Ele mostrou. E, ainda assim, eu estava adiando.

Essa percepção mudou tudo.

Eu sabia que este projeto vinha de Deus, e não podia mais adiar. Dediquei toda minha atenção — escrevendo por horas todos os dias, determinada a terminar o que Ele havia me pedido para começar. Não foi fácil. Foram longas horas, foco profundo e sacrifício real. Mas Deus me deu força, e, pouco a pouco, o livro se concretizou até finalmente estar completo.

Aprendi que começar algo é fácil — mas terminá-lo exige fé, disciplina e obediência. Também aprendi que, quando Deus coloca um chamado em sua vida, Ele o cobrará por ele. Escrever sobre a salvação nunca fez parte do meu plano original. Mas era o plano de Deus — e isso é o que torna tudo tão lindo.

Somente Deus é capaz de transformar uma pessoa comum e confiar-lhe uma missão extraordinária. É Ele que coloca em nosso coração sonhos maiores do que tudo o que podemos imaginar. E, quando esses sonhos vêm Dele, devemos segui-los com fé — pois cada passo, do início ao fim, será sustentado e abençoado por Suas mãos.

A Ele seja toda a glória.

# Para Quem Este Livro Foi Escrito

Não importa a sua idade, este livro o ajudará a viver uma vida plena e significativa, alcançando sucesso em tudo o que fizer. Nele, você descobrirá o poder transformador do nome de Jesus e como Ele pode renovar qualquer situação e transformar uma pessoa de dentro para fora. Sua vida ganhará um novo sentido, revelando um propósito mais claro e profundo. Você compreenderá aquilo que é impossível para o homem, não é impossível para Deus — pois para Ele não há limites.

Aprendi que a vida se revela de maneira inesperada. Às vezes, fazemos nossos planos, mas algumas portas se fecham enquanto outras se abrem, redirecionando os nossos passos. Há momentos em que surgem oportunidades que desafiam o curso original, deixando-nos inseguros sobre qual direção seguir. Nessas horas a Bíblia nos oferece princípios e orientações preciosas para enfrentar as incertezas do caminho.

E um dos passos mais poderosos que podemos dar é orar, pedindo a Deus  sabedoria e entendimento.

Tiago 1:5 diz:

"Se algum de vocês tem falta de sabedoria, peça-a a Deus, que a todos dá generosamente e não censura, e ela lhe será concedida."

Muitos de nós chegamos à vida adulta carregando incerteza e inseguranças. Nem sempre temos clareza sobre o caminho quando deixamos a infância para trás. Contudo, chega um momento em que precisamos fazer escolhas e trilhar uma direção. O desafio é que, nesse processo, muitos acabam se perdendo ou desistindo no meio da jornada.  É precisamente isso que devemos evitar: perder o equilíbrio e a esperança que nos sustentam.

Todos nós enfrentamos desafios na vida, independentemente de nossa condição econômica ou dos laços familiares. Passamos por dificuldades na escola, nos relacionamentos ou no trabalho.

Essas dificuldades nunca devem definir quem você é ou determinar o seu futuro. Seu único impacto sobre você deve ser o de lapidá-lo, tornando-o uma pessoa mais forte e melhor. Use essas lutas e desafios para compreender a dor dos outros e ajudá-los. Quando você transforma sua dor em uma ferramenta para edificar os outros, você cresce, adquire sabedoria e desenvolve resiliência necessária para enfrentar o futuro.

Cada objetivo na vida exige sacrifício e convicção inabalável. Especialmente nos dias atuais, muitos priorizam a aceitação entre os colegas, na sociedade e em grupos sociais em detrimento da própria integridade; muitas pessoas mudam quem são apenas para se encaixar. Essa pressão está conduzindo nossos filhos e adolescentes à próxima geração — por um caminho perigoso. Observamos crescente confusão, aumento do desespero e rejeição do que é bom e verdadeiro. O engano tornou-se, infelizmente, uma triste forma de vida.

Olhe ao seu redor: o mundo já não é o mesmo. O que antes era considerado verdadeiro agora é contestado; o que antes era errado, hoje é celebrado. Existe um esforço coordenado para reescrever a própria realidade. Em meio a esse caos, aqueles que permanecem firmes em Deus se tornam cada vez mais isolados. Ainda assim, há algo que nenhum sistema pode controlar: a fé dos que enxergam além da ilusão.

O **Livro de Provérbios** é uma das mais poderosas ferramentas da Bíblia para nos ensinar a **viver de uma forma justa** — uma vida que agrada a Deus, abençoa o próximo e nos conduz pelo caminho da verdade, da sabedoria e da recompensa eterna.

Eu o encorajo profundamente: **reserve um tempo para ler todo o Livro de Provérbios**. Não tenha pressa. Leia-o com o coração aberto e um espírito disposto a aprender. Nele você encontrará **sabedoria, conhecimento e entendimento** — não apenas para a mente, mas também para sua alma.

Este livro está repleto da verdade de Deus sobre como viver em retidão, fazer escolhas sábias, evitar o pecado e andar no temor do Senhor. Ele **abrirá seus olhos** para coisas que talvez você nunca tenha percebido antes e **o desafiará** a examinar sua vida e se render completamente a Deus.

O mundo oferece inúmeras opiniões — muitas delas são apenas ilusões disfarçadas de verdade. **Mas Provérbios revela a verdade divina.**

Leve isso a sério. Permita que ele corrija, transforme e guie. Se você realmente deseja viver para Jesus e ser transformado, **aqui é um dos melhores lugares para começar.**

# Como Você Pode Salvar Sua Alma, Que Viverá Para Sempre?

Escolher a vida eterna em vez da vida temporária é a decisão mais importante que alguém pode tomar. Essa escolha determina se você passará a eternidade com Deus no céu, rodeado por Seu amor, ou nas trevas, separado Dele para sempre – sem possibilidade de mudança após a morte.

Não adie essa decisão. O amanhã não é garantido, e ninguém sabe quando será nosso último dia nesta terra.

Somente Deus pode salvar sua alma. Ela viverá para sempre – na presença de Deus ou distante Dele, eternamente.

Hoje é o momento de iniciar sua transformação interior e exterior, e descobrir os mistérios de Deus; ou seguir os prazeres passageiros deste mundo e trilhar o caminho que leva à destruição.

A escolha é sua.

Mateus 16:25-26

25     Pois todo aquele que quiser salvar sua vida a perderá, mas quem perder sua vida por minha causa a encontrará.

26     Pois de que adianta ao homem ganhar o mundo inteiro e perder sua alma? Ou que dará o homem em troca de sua alma?

# Você Sabe Para Onde Sua Alma Vai Quando Você Morre?

Esta é a pergunta mais importante de nossas vidas. Você sabe a resposta? Se ainda não, este livro foi escrito para você. Ele ajudará a compreender aquilo que a maioria das pessoas ignora ou não consegue perceber.

Pior ainda: muitas pessoas sequer refletem sobre isso.

Ao ler este livro, você terá a oportunidade de tomar decisões pessoais conscientes e, ao mesmo tempo, poderá orientar e ajudar os outros ao longo do caminho.

Saiba que nada pode substituir a Bíblia – e nada jamais poderá. Nela, você encontrará respostas para todas as suas perguntas e dúvidas. Ainda assim, devemos lembrar que, como seres humanos, nossa compreensão é limitada. Talvez não entendamos cada versículo, mas essa limitação não diminui a verdade contida no livro.

A salvação sua e de sua família é a busca mais essencial da vida, pois conduz à vida eterna com Deus. Nenhuma quantidade de dinheiro, fama, laços familiares, poder, jóias, mansões, carros, iates ou luxo pode se comparar em importância ou valor a essa salvação. No mundo espiritual, não importa o que você possui ou quem você é neste mundo carnal. Tudo ao seu redor é passageiro, e quando deixar esta vida, nada poderá levar consigo.

O mais importante não é quem você é profissionalmente ou possui, mas como vive sua vida — com fé, amor, propósito e entrega total a Deus.

Não se preocupe tanto com o que as pessoas pensam de você; preocupe-se com o que Deus pensa de você.

Afinal, não é Ele mais importante e maior do que os homens?

Acima de tudo, Deus é a origem de toda a criação, e tudo retornará a Ele.

Tudo pertence a Ele. Ele é o dono das nações, da vida e da morte de cada ser humano. Líderes podem lutar para conquistar os territórios e poder, mas não percebem que as nações não lhes pertencem – pertencem ao nosso Deus, o Criador.

Colossenses 1:16

16 Pois nele foram criadas todas as coisas nos céus e na terra, visíveis e invisíveis, sejam tronos ou soberanias, sejam poderes ou autoridades; tudo foi criado por meio dele e para ele.

Nunca se esqueça disso: coloque Deus acima de tudo, e Ele cuidará de todo o resto. Ele conhece suas necessidades mesmo antes de você expressá-las.

Mateus 6:8

8 Não sejam como eles, pois o vosso Pai sabe do que precisais antes mesmo de Lhe pedirdes.

Da Bíblia vem a fonte de água viva – a única capaz de saciar a sede da alma. Quem beber desta água nunca mais terá sede, como Jesus disse à mulher samaritana da cidade de Sicar.

João 4:13-14

13    Jesus lhe disse: Quem beber desta água terá sede novamente;

14    mas quem beber da água que eu lhe der nunca terá sede; pelo contrário, a água que eu lhe der se tornará nele uma fonte a jorrar para a vida eterna.

# Se Você Não Tem Certeza Sobre o Destino da Sua Alma, Descubra o Mais Rápido Possível.

Existem apenas dois destinos eternos para sua alma após a morte.

## 1- Com Deus e Jesus no Céu

O primeiro destino seria "na presença" do Senhor — no Céu, no Paraíso que Jesus prometeu. Mesmo agora, Ele está preparando um lar para cada um de nós. Quando Ele nos chamar, seja pelo arrebatamento ou pela morte natural, poderemos ir com Ele. Mas, para estar com Ele, devemos entregar nossas vidas a Ele. Devemos colocar tudo — nossos corações, esperanças e a nós mesmos — em Seu altar e aceitar Jesus como nosso Salvador. Jesus é o único caminho.

## 2- Sem a presença de Deus para sempre no Inferno

O segundo destino seria "sem a presença" de Deus — no abismo escuro do Inferno, onde não há retorno e nenhuma segunda chance. É o destino das almas que rejeitam Jesus e vivem apenas para o mundo.

Sei que poucos  querem ouvir essa verdade. É difícil, muitos se ofendem ou tentam ignorá-la. Mas não há como apresentá-la de forma mais suave, bonita e confortável sem perder sua realidade.  Às vezes, a verdade é desconfortável  — até dolorosa — mas o amor fala a verdade, especialmente quando a eternidade está em jogo.

A verdade mais importante é esta: você é quem escolhe seu destino eterno.

Deus dá a cada pessoa a liberdade de decidir — aceitar Jesus como Senhor e Salvador ou se afastar e enfrentar as consequências de uma vida sem Ele. Deus nunca força ninguém a segui-Lo. O verdadeiro amor deve vir de um coração voluntário. É por isso que a fé deve ser uma escolha — a escolha de conhecer Deus, amá-Lo e caminhar com Ele livre e sinceramente.

Se você está lendo este livro, significa que ainda há tempo.

Tempo para escolher a vida com Jesus.

Tempo para guiar sua família em direção à salvação.

Mas compreenda isto: o amanhã não é garantido. Ninguém sabe quando a morte chegará, e, quando isso acontecer, não haverá segunda chance. Por isso, devemos viver cada dia preparados — não com medo, mas com fé.

Deus está lhe oferecendo a oportunidade de conhecê-Lo. Você tem a liberdade de aceitar Seu amor e viver para sempre em Sua presença, ou de rejeitá-Lo e passar a eternidade sem Sua presença e proteção.

A consequência do pecado é a separação de Deus, que inevitavelmente conduz à morte espiritual.

# A Bíblia Dá Vários Exemplos de Como é o Inferno

Jesus nos advertiu claramente que o Inferno é um lugar real. É um lugar de tormento, tristeza e desespero para os ímpios. Ele o descreveu como um lugar de trevas, onde haverá choro e ranger de dentes.

Apocalipse 20:13-15

13      O mar entregou os mortos que nele havia, e a morte e o Hades entregaram os mortos que neles havia, e cada um foi julgado segundo o que tinha feito.

14      Então a morte e o Hades foram lançados no lago de fogo. O lago de fogo é a segunda morte.

15      Aqueles cujos nomes não foram encontrados no Livro da Vida foram lançados no lago de fogo.

Mateus 13:41-42

41      O Filho do Homem enviará os seus anjos, e eles tirarão do seu reino todos os que pecam e todos os que praticam o mal.

42      E os lançarão na fornalha ardente, onde haverá choro e ranger de dentes.

Romans 3:23

23 Pois todos pecaram e estão destituídos da glória de Deus.

Deus é santo e perfeito, e nada imperfeito pode entrar em Sua presença. Por isso, o Inferno é descrito como um lugar de destruição e tormento — pois representa a separação completa e eterna de Deus, a fonte de toda a vida, amor e luz.

A boa notícia é que Deus não quer que ninguém vá para o Inferno. Em Seu imenso amor, Ele enviou Jesus para tomar o nosso lugar, pagando o preço por nossos pecados através de Sua morte e ressurreição.

Jesus abriu um caminho para que sejamos perdoados, restaurados e acolhidos na vida eterna com Ele.

# A Conexão entre Espírito, Alma e Corpo

O espírito é o aspecto divino do ser humano, que se conecta diretamente com Deus. É a parte de cada pessoa que permite o relacionamento com o Criador. O espírito foi criado por Deus e é através dele que os humanos podem experimentar a vida espiritual, a adoração e a comunhão com Deus. O espírito anseia por fazer o que é certo e agradável aos olhos de Deus, atraindo-nos para a verdade, a santidade e o crescimento espiritual. É pelo Espírito Santo que nosso espírito é regenerado, permitindo-nos viver em alinhamento com a vontade de Deus.

(Romanos 8:16, 1 Coríntios 6:19). Dessa forma, o Espírito de Deus trabalha em harmonia com o espírito humano, conduzindo os indivíduos ao crescimento espiritual, transformação e vida eterna com Deus.

O Espírito Santo desempenha um papel vital na orientação do espírito e da alma humana. Primeiro, Ele convence o mundo do pecado e da justiça, conduzindo as pessoas ao arrependimento e à fé em Jesus Cristo. Uma vez salvos, o Espírito Santo continua a guiar o espírito, influenciando a alma — a mente, a vontade e as emoções — a obedecer à vontade de Deus. A alma, que possui a capacidade de escolha, deve responder à orientação do Espírito Santo para viver em obediência a Deus. Sem o Espírito Santo, seria impossível viver de acordo com os desejos de Deus, pois Ele é quem capacita o crente a fazê-lo.

Essa interação entre o Espírito Santo, o espírito e a alma é crucial para nossa experiência de transformação e crescimento espiritual.

**A Existência Eterna da Alma: Na Presença de Deus ou Separada Dele**

A alma é a essência eterna e imaterial de uma pessoa, distinta do corpo físico. Todos os seres humanos possuem uma alma que viverá para sempre, seja em comunhão eterna com Deus ou separada Dele. O destino eterno da alma é determinado pelo relacionamento de cada um com Jesus Cristo.

A alma é o centro de nossas emoções, pensamentos, vontade e decisões. É a parte de nós que faz escolhas, processa experiências e forma desejos. A alma é profundamente influenciada tanto pela carne quanto pelo espírito, e seu papel principal é responder a essas influências.

Quando a alma está alinhada com a vontade de Deus, busca viver em obediência ao Espírito Santo. Por outro lado, quando é guiada pela carne, tende a se consumir com desejos, emoções e pensamentos egoístas, afastando-nos de Deus.

Através da fé em Jesus Cristo como Senhor e Salvador, os indivíduos recebem a promessa da vida eterna (João 3:16). Aqueles que aceitam o sacrifício de Cristo pelos pecados recebem a promessa da vida eterna com Deus no Céu, onde experimentarão alegria, paz e comunhão com o Criador.

Por outro lado, aqueles que rejeitam a oferta de salvação de Cristo enfrentam separação eterna de Deus, frequentemente descrita como morte espiritual ou punição eterna. Apocalipse 20:15 - E todo aquele que não foi encontrado inscrito no Livro da Vida foi lançado no lago de fogo.

A alma é imortal, e seu destino eterno depende da aceitação de Jesus Cristo, que oferece o dom da vida eterna através de Sua morte e ressurreição.

No Cristianismo, a imortalidade da alma é uma crença central, com a compreensão de que toda alma viverá para sempre — seja em comunhão eterna com Deus ou separada Dele. Ainda assim, reconheço que algumas pessoas têm visões diferentes sobre esse tema. Há quem acredite que a alma não é eterna, ou que a imortalidade é condicional, baseada em crenças ou práticas específicas.

É importante entender que pessoas de diferentes tradições de fé, ou mesmo perspectivas pessoais, podem ter opiniões divergentes a respeito da vida após a morte.

No meu caso,  minha crença na natureza eterna da alma está profundamente em mim, moldada pelos estudos bíblicos, tanto no Brasil quanto nos Estados Unidos. Todas as comunidades das quais participei compartilharam consistentemente os mesmos valores e ensinamentos sobre a imortalidade da alma, e  essa mensagem consistente fortaleceu  minha compreensão e profunda convicção pessoal sobre o assunto.

Também reconheço que o que se aprende dentro de uma comunidade de fé pode influenciar significativamente as perspectivas de cada pessoa. Nem todos compartilham a mesma visão sobre esse tema.

Por isso, é essencial dedicar-se à pesquisa e ao estudo pessoal.  Ler a Bíblia por conta própria é uma das maneiras mais seguras e eficazes de desenvolver uma compreensão clara e fortalecer suas convicções. Por meio do estudo individual e da oração, é possível alcançar  uma percepção mais profunda do que as Escrituras realmente ensinam a respeito da alma e da vida após a morte.

## O Corpo Carnal, ou Carne, é Temporário

Na Bíblia, a carne é frequentemente associada ao pecado. A inclinação da carne conduz à morte, enquanto a inclinação do Espírito leva à vida e à paz. A carne é fraca.

O corpo é físico e se conecta e interage com o mundo exterior através dos cinco sentidos: visão, audição, paladar, olfato e tato. Ele se volta para o que é temporal, muitas vezes negligenciando o que é eterno.

A carne busca conforto, prazer e gratificação pessoal. Deseja as coisas do mundo, concentrando-se na satisfação imediata e nos prazeres passageiros. Movida pelos sentidos, frequentemente entra em conflito com os desejos do espírito, conduzindo-nos a escolhas contrárias à vontade de Deus.

Mateus 26:41

41 Vigiai e orai, para que não entreis em tentação; o espírito está pronto, mas a carne é fraca.

Gálatas 5:17

17 Porque a carne deseja o que é contrário ao Espírito, e o Espírito o que é contrário à carne.

A única oportunidade de uma pessoa direcionar o destino de seu espírito e alma é enquanto estiver viva, confessando Jesus Cristo como seu único e suficiente Salvador. Como nos lembra **Hebreus 9:27-28**: Assim como os homens estão destinados a morrer uma vez e, depois disso, enfrentar o juízo, assim também Cristo foi oferecido uma só vez para tirar os pecados de muito; e aparecerá pela segunda vez, não para tratar do pecado, mas para trazer salvação aos que O aguardam.

Portanto, a Bíblia mostra que, após a morte, o próximo passo é o juízo — não há espaço para arrependimento ou conversão depois disso.

- A vida é o tempo da decisão.
- A morte sela o destino da alma.
- O juízo virá em seguida, confirmando a escolha feita em vida.

# Aceitar Jesus ou Rejeitá-Lo?

Hoje, você se depara com a decisão mais importante da sua vida: aceitar Jesus Cristo — o único caminho para a salvação — ou rejeitá-Lo completamente. Depois de ler este livro, você nunca poderá dizer que ninguém lhe falou sobre Jesus.

Aceitar Jesus significa reconhecer Sua divindade, crer em Seu sacrifício e abraçar uma vida de fé. Significa entregar seus antigos caminhos, afastar-se do pecado, segui-Lo e viver em obediência à Sua palavra. Essa decisão conduz à salvação, à paz e à vida eterna com Deus.

Rejeitar Jesus, no entanto, é negar Sua mensagem, Sua natureza divina e o propósito de Sua morte — oferecer-lhe a vida eterna. Essa escolha pode levá-lo a uma existência sem esperança de salvação e a uma eternidade sem a presença de Deus, em trevas e separação. O mundo pode te oferecer conforto, distrações ou sucesso, mas jamais poderá salvar sua alma. Servir ao mundo resulta em decepção vazia, pois somente Jesus poderá salvar sua alma.

Se escolhermos Jesus, nos é prometido um lugar com Ele no Paraíso, na Cidade Santa, a Nova Jerusalém. A Bíblia descreve esse lugar em Apocalipse 21, onde a beleza do céu vai além da imaginação humana:

Apocalipse 21:21

21 A praça da cidade é de ouro puro, como vidro transparente.

No início do capítulo, o apóstolo João relata que um anjo mediu a cidade com uma vara de ouro:

Apocalipse 21:15

15 Aquele que falou comigo tinha uma vara de ouro para medir a cidade, seus portões e suas muralhas.

Então, ele continua descrevendo a cidade e sua beleza.

Apocalipse 21:18-20

18     A muralha era de jaspe, e a cidade era de ouro puro, tão puro quanto vidro.

19     E os fundamentos da muralha da cidade estavam adornados com todo tipo de pedras preciosas. O primeiro fundamento era jaspe; o segundo, safira; o terceiro, calcedônia; o quarto, esmeralda;

20     O quinto, sardônio; o sexto, sárdio; o sétimo, crisólito; o oitavo, berilo; o nono, topázio; o décimo, crisoprase; o décimo primeiro, jacinto; o décimo segundo, ametista.;

Com esses detalhes vívidos, começamos a compreender a glória e a santidade do lugar preparado para aqueles que escolhem Jesus.

Esta não é apenas uma promessa bonita — é seu convite. Escolha Jesus. Escolha a vida com Jesus. Escolha a eternidade com Ele.

# O Que Fazer Para Receber Jesus

A escolha é sua. Deus nunca forçará Sua entrada em sua vida, nem exigirá que O siga. Ele oferece Jesus como caminho para a salvação.

Mas o que você deve fazer? Você precisa recebê-Lo. Arrependa-se de seus pecados, peça Seu perdão e escolha segui-Lo. Convide Jesus para sua vida e permita que Ele transforme a maneira como você vive, pois ninguém consegue fazer isso sozinho.

No final deste livro, você encontrará uma oração de entrega a Deus – uma forma simples, mas poderosa, de convidá-lo ao seu coração,  pedir perdão e buscar transformação.

Deus nunca invade sua vida sem sua permissão. Pelo contrário, Ele respeita você e sua liberdade. Isso é completamente diferente do que Satanás faz. Ele vem para destruir, matar e roubar. Satanás é o inimigo, o pai da mentira. Ele entra em nossas vidas sem permissão e sem aviso, para enfraquecer nossa fé e colocar nossa vida de cabeça para baixo.

João 10:10

10 O ladrão não vem senão a roubar, a matar e a destruir; Eu vim para que tenham vida e a tenham em abundância.

Embora Deus não force Sua entrada em sua vida, Ele está sempre perto. Ele espera, pronto para o momento em que você O chamar. Está pronto para transformar sua vida, trazendo cura, esperança e salvação. Deus é fiel e deseja mudar tudo em sua vida para melhor, de todas as maneiras possíveis.

Os planos d'Ele para a sua vida vão muito além de qualquer sonho que você já sonhou. Mesmo agora, Ele o protege de perigos dos quais você nem tinha consciência. Cuida de você a cada momento, sem se esquecer, mesmo quando você não percebe.

E saiba disso: Jesus ama e protege até aqueles que ainda não acreditam Nele, porque Seu amor é incondicional e se estende a toda a humanidade. Seu amor não depende de você retribuí-lo, não exige reciprocidade Ele simplesmente deseja ver todos salvos e vivendo uma vida plena.

Como Jesus diz em Apocalipse 3:20

20 Eis que estou à porta e bato; se alguém ouvir a minha voz e abrir a porta, entrarei em sua casa e cearei com ele, e ele comigo.

Jesus está batendo. Tudo o que você precisa fazer é abrir a porta para recebê-Lo.

# Fé

Mesmo que ainda não vejamos as respostas às nossas orações, é aí que a fé começa a crescer. Fé é confiar em Deus enquanto esperamos. E ela se fortalece à medida que passamos tempo em Sua presença, especialmente através da leitura da Bíblia e da meditação em Sua Palavra.

Tudo isso é uma questão de escolha e prioridade.

Nosso tempo é um dos presentes mais preciosos que Deus nos deu. Ainda assim, muitas vezes desperdiçamos grande parte de nossas vidas com coisas insignificantes e triviais, como redes sociais e outras distrações. Depois, reclamamos que não temos tempo para a palavra de Deus e nunca encontramos tempo para ler a Bíblia. Digo isso não para condenar, mas por experiência pessoal – eu também luto com isso. Quando negligencio Sua Palavra, meu espírito começa a sentir-se vazio, clamando pelo alimento espiritual que só Deus pode fornecer.

Assim como nossos corpos físicos precisam de alimento, nossas almas devem ser nutridas pela Palavra de Deus. Quando não alimentamos nosso espírito, nos tornamos fracos, especialmente em tempos de provação, estresse ou incerteza.

A Palavra de Deus nos fortalece para as batalhas, renova nossa mente, curando nossas feridas e transformando nossas vidas. Ela também nos protege do pecado e do engano. A Palavra do Senhor é nosso pão espiritual, pois, como diz Jesus:

Lucas 4:4

Jesus respondeu e disse-lhe: Está escrito: Não só de pão viverá o homem, mas de toda palavra de Deus.

A Palavra de Deus nos capacita a resistir à tentação e vencer batalhas espirituais. Ela nos protege do pecado e do engano, lembrando-nos de quem somos e de quem Deus é.

Hebreus 11:1-3

1    Fé é a certeza de que receberemos as coisas que esperamos e a prova de que existem coisas que não podemos ver.

2    Foi pela fé que as pessoas do passado obtiveram a aprovação de Deus.

3    É pela fé que entendemos que o universo foi criado pela palavra de Deus e que o que pode ser visto foi feito a partir do que não pode ser visto.

E lembre-se da promessa que Jesus fez:

João 14:13-15

13    Qualquer coisa que pedirem em meu nome, eu a farei, para que o Pai seja glorificado no Filho.

14    Se pedirdes alguma coisa em meu nome, eu a farei.

15    Se vocês me amam, obedecerão aos meus mandamentos.

# O Que Significa Jejuar e Orar?

O jejum e a oração são formas mais poderosas de buscar a orientação de Deus e fortalecer a vida espiritual. Nas Escrituras, eles são frequentemente apresentados como um ato unificado de adoração e humildade.

Deus enfatiza o jejum como um ato de sacrifício que nos aproxima Dele e nos faz crescer na fé. Ele nos ajuda a deixar de lado as distrações e concentrar nossos corações no que realmente importa. Esta disciplina espiritual nos fortalece, ajuda a resistir às tentações e alinha nossa vontade à de Deus, aumentando nossa fé.

Quando combinamos jejum e oração, quebramos correntes, libertamos vidas, vencemos o pecado e transformamos vidas – tudo pelo nome de Jesus. Deus trabalha através de nós e nos usa para Sua glória.

Existem vários tipos de jejum. Cada pessoa escolhe aquele que se adapta à sua vida, considerando saúde, medicação e outras condições. Veja abaixo alguns exemplos .

Para quem possui problemas de saúde, o jejum parcial é muito mais seguro do que o jejum total . O ponto principal não é a duração ou intensidade do jejum, mas sim que ele seja feito com propósito e com um coração entregue a Deus. Portanto, ao jejuar, ore e apresente seu pedido diante de Deus e confie que Ele vê seu coração e ouve suas orações.

**Tipos de Jejum**

1.  Jejum de Líquidos:

Consiste em consumir apenas líquidos, como sucos naturais de frutas ou vegetais, caldos ou água, por um período determinado.

Você pode jejuar por meio dia, um dia inteiro ou mais – conforme sua condição e propósito.

Durante esse tempo, consuma apenas líquidos para se sustentar e aproveite para orar enquanto trabalha, dirige ou realiza tarefas simples, mantenha seus pensamentos voltados a Deus.

2.  Jejum Seletivo:

Neste tipo de jejum, você se abstém de grupos alimentares específicos – como carne, laticínios ou doces – por horas, dias, semanas ou até meses.

Ele permite que você faça um compromisso pessoal ou "propósito" com Deus, como um ato de disciplina e foco espiritual.

3.  Jejum à Sua Escolha:

Consiste em eliminar algo que você mais gosta ou tenha significado especial por um período determinado. A ideia é sacrificar algo valioso e dedicar esse tempo e atenção a Deus, fortalecendo sua fé e disciplina espiritual.

4.  Jejum Completo:

O jejum apenas com água, conhecido como jejum completo, é a forma mais intensa de jejum e deve ser praticado com cautela, especialmente se houver problema de saúde

Nesse tipo de jejum, você não consome nenhum alimento sólido, apenas água. A duração pode variar:  algumas pessoas jejuam por 2 horas, 3 horas ou até a hora do almoço. Não existe uma regra fixa – você define seu tempo conforme sua condição e propósito espiritual.

Jesus jejuou durante os 40 dias no deserto, antes de iniciar Seu ministério

Se sua saúde permitir, o jejum à base de água pode ser praticado por períodos mais longos, assim como os demais tipos de jejum, proporcionando uma profunda experiência de entrega, disciplina e foco espiritual.

- Jesus no deserto (Mateus 4:1-2)
- Daniel e seus companheiros (Daniel 1:12-16)
- Neemias e os Judeus (Neemias 1:4)
- Ester e os judeus em Susã (Ester 4:16)

Mateus 4:1-2

1 Então foi conduzido Jesus pelo Espírito Santo ao deserto, para ser tentado pelo diabo. 2 E, tendo jejuado quarenta dias e quarenta noites, depois teve fome;

Muitos acreditam que o diabo tentou Jesus em Seu momento mais frágil, quando estava com fome após quarenta dias de jejum. Mas, na verdade, eu vejo que Jesus estava em Seu momento **mais forte espiritualmente**. Durante o jejum e a oração, Ele não apenas negava o alimento físico, mas fortalecia Sua comunhão com o Pai. Enquanto o corpo sentia fome, o espírito se enchia da presença de Deus. Foi essa força espiritual — nascida da intimidade com o Pai — que O capacitou a resistir à tentação e vencer o inimigo.

# A Palavra de Deus

Romanos 12:2

2 E não vos conformeis com este mundo, mas transformai-vos pela renovação da vossa mente, para que experimenteis qual seja a boa, agradável e perfeita vontade de Deus.

2 Coríntios 4:16-18

16      Portanto, não desanimamos. E, embora o nosso corpo se desgaste, o nosso ser interior é renovado dia após dia.

17      Porque as nossas leves e momentâneas tribulações estão produzindo para nós uma glória eterna que pesa mais do que todas elas.

18      Portanto, fixamos os olhos, não no que se vê, mas no que não se vê, pois o que se vê é temporário, mas o que não se vê é eterno.

A palavra de Deus tem o poder de nos transformar – corpo, mente e espírito. Ao contrário dos livros comuns, que apenas informam, a Bíblia possui capacidade divina de transformação. Enquanto um livro comum pode fornecer conhecimento, a Bíblia muda o coração, renova a mente e alinha a vida com a vontade de Deus.

A Bíblia não é apenas uma coleção de escritos antigos; é a Palavra viva de Deus, um presente sagrado através do qual Ele nos fala diretamente. Cada versículo carrega verdade divina, cura, sabedoria e direção. Ela revela quem é Deus, ensina como orar e ajuda a discernir Sua vontade perfeita. O autor da Bíblia é Deus, e ler Sua Palavra sagrada permite experimentar renovação espiritual e revelações que transformam a vida.

Jeremías 29:11

"Porque eu sei os planos que tenho para vós', diz o Senhor, planos para vos prosperar e não para vos causar dano, planos para vos dar esperança e um futuro."

Mesmo quando não conseguimos enxergar o caminho à nossa frente, podemos confiar que Deus conhece cada passo de nossas vidas. Seus planos são cheios de cuidado, propósito e esperança. Ele deseja nos conduzir a um futuro de bênçãos, protegendo-nos e guiando-nos com amor eterno.

# Jesus É Conhecido em Todas as Nações e Nos Oferece Múltiplas Oportunidades de Aceitá-Lo ou Não.

Todos os que já existiram, que vivem hoje e os que ainda hão de nascer terão — ou já tiveram — a chance de ouvir sobre Jesus. Deus, em Sua infinita misericórdia, nos dá diversas oportunidades ao longo da vida para reconhecê-Lo e aceitá-Lo.

Deus não envia ninguém para o inferno. Ele deseja que todos se arrependam, sejam salvos e vivam com Ele para sempre. A decisão de se afastar desse caminho de salvação cabe apenas àquele que rejeita a oferta de salvação de Deus. A salvação é gratuita e oferecida a todos, mas quem não aceita Jesus escolhe voluntariamente permanecer separado de Deus — o que leva a eternidade no inferno.

Se você já ouviu falar do nome de Jesus, você já recebeu a oportunidade de conhecê-Lo. Quer aceite ou não, certamente ouvirá falar d'Ele novamente, pois Ele continua a buscar o seu coração.

Perceba: embora todos provavelmente tenham sido expostos à história de Jesus, a decisão de aceitá-Lo pessoalmente como Salvador é única e individual.

Não espere até que seja tarde demais. Busque-O agora e abra seu coração para Jesus. Ele é o único caminho para a salvação — Não há alternativa.

Sim, o inferno é real, mas Deus não quer que ninguém vá para lá! Por amor, Ele providenciou um caminho para que possamos viver com Ele no Céu para sempre.

João 3:16

16 "Porque Deus amou o mundo de tal maneira que deu o seu Filho unigênito, para que todo aquele que nele crê não pereça, mas tenha a vida eterna."

Este versículo revela o imenso coração de Deus: Seu amor é tão profundo que Ele entregou Seu Filho unigênito para nos oferecer a dádiva da vida eterna. A salvação não depende de nossas obras ou méritos, mas de crer Nele e abrir o coração para receber Seu presente de graça, puro e infinito.

# Como a Oração Move Montanhas

Será que a oração só tem poder quando feita por outra pessoa, como um  pastor ou amigo espiritual?

Absolutamente não. A oração é poderosa, não importa quem ora, especialmente quando vem de um coração sincero. Embora seja uma bênção ter pastores ou amigos fiéis intercedendo por nós, nunca devemos subestimar o poder da nossa própria oração, especialmente quando se trata de pais orando pelos filhos.

Mães e pais aprendem que não há oração mais poderosa do que aquela feita pelos próprios pais em favor dos seus filhos. Claro, você pode pedir a pastores ou a amigos espiritualmente maduros orem por você, mas Deus já lhe deu autoridade para se aproximar dele com ousadia em favor daqueles que você ama.

Aprenda a dobrar os joelhos diante de Deus e orar, a falar com Ele, a colocar seus amados em Seu altar e pedir ajuda. Ore com o coração. Não é necessário usar  palavras sofisticadas ou possuir um lugar específico. Deus conhece  seu coração, suas intenções e desejos. Entregue-se completamente para Ele. Derrame todas as suas aflições, súplicas e pedidos em Seu altar.

Em Êxodo 32, depois que o povo de Deus construiu um bezerro de ouro para adorar, Deus disse a Moisés que está pronto para destruí-los. Mas Moisés intercedeu em favor de Israel, e Deus escolheu a misericórdia em vez da ira. Esse momento revela uma verdade poderosa: Deus usa nossas orações para trazer mudança, mesmo em situações que parecem sem esperança.

Portanto, faça da oração uma parte constante da sua vida. Ore por seus filhos, seu casamento, por qualquer circunstância, situação ou pessoa. Faça uma aliança com Deus, comprometendo seus entes queridos e sua própria vida no altar do Senhor, e peça a Ele que realize tudo aquilo que está além do seu alcance e controle, pois somos limitados aqui nesta terra temporária.

Uma forma de incluir a oração na sua rotina é participar de um grupo de oração com pessoas conhecidas da igreja. Às vezes, esses grupos são raros. Quando não encontrar um entre sua igreja, seus vizinhos, amigos ou parentes, tome a iniciativa de criar o seu próprio grupo de oração.

Por muito tempo, procurei um grupo de oração nos Estados Unidos. Não consegui encontrar — até que minha irmã Jane Leide, que mora no Brasil, criou um grupo de oração no WhatsApp com irmãos e irmãs fiéis da igreja dela.

Começamos a orar por todos do grupo, iniciando com nossos problemas pessoais e familiares, e, com o tempo, as orações se expandiram. Quando outras pessoas — amigos de fora, conhecidos e parentes — souberam do grupo, pediram que orássemos por suas causas. Foi algo muito poderoso.

Passamos a jejuar e a compartilhar versículos da Bíblia diariamente, e cada pessoa se revezava trazendo uma palavra motivadora e inspirada nas Escrituras.

Testemunhamos Deus agir e mover-Se em nossas vidas e nas vidas das pessoas conectadas ao grupo. Ao estudarmos e prepararmos uma palavra para compartilhar, percebíamos que o próprio Deus nos ensinava, nos curava e fortalecia nossa fé.

Às vezes, pode ser difícil ler a palavra de Deus — o tempo, muitas vezes, é o maior desafio. No entanto, podemos nos disciplinar para ler um pouco a cada dia. Estabeleça essa meta e cumpra-a, mesmo que comece com alguns versículos diários. No início, pode parecer difícil, mas logo se tornará um hábito que fortalece sua fé e alimenta sua alma.

A oração de uma mãe tem poder para mover montanhas e quebrar barreiras. Deus, em Sua fidelidade,  nunca abandona você nem a sua família.

Marcos 1:35

" Muito cedo, ainda escuro, Jesus levantou-se, saiu de casa e foi para um lugar deserto, onde ficou orando."

Lucas 5:16

"Jesus, porém, retirava-se para lugares solitários e orava."

Lucas 6:12

"Naqueles dias, Jesus foi para o monte a fim de orar, e passou a noite inteira em oração a Deus."

Se Jesus, o Filho de Deus, buscava na oração a conexão com o Pai, quanto maior deve ser nosso desejo de nos achegarmos a Deus em oração.

Deuteronômio 7:9-15 (ARA)

9       Vós sabeis que o Senhor é Deus fiel, que guarda o pacto e a misericórdia até mil gerações aos que o amam e guardam os seus mandamentos.

10      E que retribui a quem o odeia, em breve os destruirá; não tardará a retribuir a quem o odeia, mas os recompensará prontamente.

11      Portanto, guardai os mandamentos, os estatutos e os juízos que hoje vos ordeno fazer.

12      E acontecerá, se ouvirdes estes juízos e os guardardes e os cumprirdes, que o Senhor vosso Deus guardará convosco o pacto e a misericórdia que jurou a vossos pais;

13    E vos amará, e vos abençoará, e vos multiplicará; abençoará os vossos filhos, o fruto da vossa terra, o vosso cereal, o vosso vinho, o vosso azeite, e os animais de vossos rebanhos, na terra que jurou a vossos pais dar-vos.

14    Sereis abençoados acima de todos os povos; não haverá entre vós homem ou mulher estéril, nem entre os vossos animais.

15    O Senhor afastará de vós toda enfermidade; não virão sobre vós as males doenças do Egito, que conhecestes, mas as impingirá sobre todos os que vos odeiam.

Romanos 12:2

2 Não vos conformeis com este mundo, mas transformai-vos pela renovação da vossa mente, para que experimenteis qual seja a boa, agradável e perfeita vontade de Deus.

# O Deus Invisível, Mas Poderoso o Suficiente para Nos Proteger

João 20:29

Jesus lhe disse: 29 Porque me viste, Tomé, você creu; bem-aventurados os que não viram e creram.

Confiar em Deus é ter fé e depositar nossos medos, lutas e dúvidas em seu altar. Quando confiamos, podemos ter a certeza de que Ele fará infinitamente melhor do que nós poderíamos fazer.

Essa confiança, porém, nem sempre é fácil. Afinal não podemos ver Deus com os olhos humanos — e, ainda assim, sabemos que ele existe e é presente. É natural que, como seres humanos imperfeitos, tenhamos dificuldade em confiar completamente. Essa confiança plena leva ao amadurecimento espiritual. O tempo necessário para confiar total e completamente em Deus varia de pessoa para pessoa. Quanto mais você conhece seu Criador — o quanto Ele o ama e deseja estar em sua vida — mais profundamente é tocado por Sua presença, porque Deus, o único Deus vivo, é puro, justo e santo.

Muitas pessoas não leem a palavra do Deus Todo-Poderoso. Algumas acham difícil compreender o significado das escrituras; outras se sentem sobrecarregadas por sua profundidade, ou simplesmente não encontram tempo. Todos enfrentam suas próprias lutas. Mas lembre-se: tudo o que é precioso na vida exige sacrifício e perseverança — a vitória nunca vem sem esforço.

Comece sua jornada espiritual com oração. Peça a Deus que remova todos os obstáculos — todo o véu que ainda cobre seus olhos — e que impeça você de compreender Suas palavras. Depois, use a persistência como sua arma. Quando ler e não entender, não desista. Eventualmente, Deus abrirá seus olhos espirituais, e você vai começar enxergar as verdades profundas que sempre estiveram ali, esperando para transformar sua vida. Você nunca mais será capaz de negar a existência de Deus e de Jesus.

Às vezes, caímos na armadilha de pensar que Deus está presente na vida dos outros, mas não na nossa. Essa é uma mentira do inimigo, criada para nos fazer sentir inferiores, pequenos e esquecidos.

A verdade é exatamente o contrário: Deus vê você. Ele toca, transforma e fala com cada um de nós de maneira pessoal e única. Ele se disponibiliza para estar perto de você como se você fosse a única pessoa no mundo.

É igualmente importante entender que Deus não é uma emoção, mas a própria verdade. Às vezes, sentimos Sua presença como uma emoção, como um arrepio. Em outras ocasiões, Ele permanece sutil demais para ser percebido. Frequentemente, pensamos que Deus não está próximo simplesmente porque não sentimos Sua presença emocionalmente.

Mas mesmo quando você não sente nada, Ele ainda está lá. Ele está com você em todos os momentos. Deus é consistente e fiel. Quanto mais tempo você passar em oração e na leitura de Sua Palavra, mais sentirá Sua voz e direção.

Infelizmente, muitas pessoas conhecem a Bíblia de cor e se consideram especialistas nas escrituras, mas não têm um relacionamento pessoal com o Pai. Elas frequentam a igreja há anos, até servem em ministérios de trabalhos, mas nunca experimentaram a proximidade viva de Deus.

Quando você desenvolve um relacionamento pessoal com Ele, percebe que Deus o guia a cada momento. Descobre que os desejos e planos d'Ele para a sua vida são muito maiores e melhores do que os seus próprios. Ele o conhece intimamente, até melhor do que você mesmo.

Salmos 139:1-4

1 Senhor, tu me sondaste e me conheces.

2 Tu conheces o meu sentar e o meu levantar; de longe penetras os meus pensamentos.

3 Cercas o meu andar e o meu deitar; conheces todos os meus caminhos.

4 Sem que haja uma palavra na minha língua, eis que, ó Senhor, tu já a conheces inteiramente.

Apocalipse 22:13

13 Eu sou o Alfa e o Ômega, o Primeiro e o Último, o Princípio e o Fim.

# O Que Devo Fazer: Aceitar a Verdade de Deus ou Seguir as Doutrinas Deste Mundo?

No fundo, a escolha entre aceitar a verdade de Deus e seguir os ensinamentos deste mundo  é uma escolha entre a vida eterna e o conforto passageiro. A verdade de Deus, revelada em Sua Palavra, é imutável, santa e conduz à salvação; já os ensinamentos do mundo mudam constantemente e muitas vezes nascem do interesse próprio, do orgulho e do engano.

Vivemos em um mundo moralmente confuso e desorientado. Muitas pessoas não apenas se perdem em suas próprias ações, mas também tentam vender suas ideias e valores imorais às massas. Não é surpresa que essas doutrinas e  padrões não venham de Deus, mas de interesses pessoais e da busca de aceitação na sociedade. Acreditando estar certos, essas pessoas não reconhecem a verdade e tentam impor sua perspectiva distorcida sobre os outros, ignorando o caminho eterno que Deus nos oferece.

Aqueles que estudam a palavra do Senhor sabem que somente Deus possui conhecimento divino, e Ele o compartilha com aqueles que O aceitam. Esse conhecimento divino é supremo, e a verdade nos liberta. Ao comparar com os princípios da moralidade e da ética divina, torna-se evidente que muitas doutrinas modernas do mundo estão equivocadas. O próximo passo é rejeitar essas doutrinas, mesmo que sejam  amplamente aceitas pela sociedade. Frequentemente sentimos pressão para seguir essas tendências mundanas, pois estão na moda ou são populares, mas não precisamos ceder.

Na sociedade de seguidores cegos de influências amorais, seja diferente: aja de acordo com a Palavra do Senhor. Só porque uma prática ganhou aceitação pública, não a aceite como certa se for contrária à vontade de Deus. O mundo e suas doutrinas podem mudar, mas o que é certo sempre será certo, e o que é errado sempre será errado .

O que é certo aos olhos de Deus permanece certo, pois somente Ele estabelece o padrão da justiça.

Mateus 24:35

"O céu e a terra passarão, mas as minhas palavras jamais passarão."

Salmos 119:137

"Justo és Tu, Senhor, e retas são Tuas decisões."

Isaías 45:19

"Eu não falei em segredo, em lugar obscuro da terra; eu não disse a descendentes de Jacó: 'Procurai-me em vão'. Eu, o Senhor, falo a verdade; anuncio o que é reto.".

# O Mundo Carnal e Espiritual

Deus é Deus — eterno, todo-poderoso, Rei dos reis e Senhor dos senhores. Ele é o Criador de todas as coisas. Mesmo quando o mundo parece fora de controle, Deus permanece no comando. Por isso, você pode descansar de suas preocupações, confiando que Ele está administrando cada detalhe. Na verdade, tudo se encaixa como um quebra-cabeça, de acordo com Sua Palavra. Os acontecimentos ao redor do mundo — furacões, terremotos e outros eventos de grande escala — já estão previstos nas Escrituras, lembrando-nos da importância de estudar e conhecer profundamente a Palavra de Deus.

Mateus 24:3-14 (NIV)

3     E, estando Jesus assentado no Monte das Oliveiras, aproximaram-se d'Ele, em particular, os Seus discípulos, dizendo: "Dize-nos, quando serão essas coisas, e que sinal haverá da tua vinda e do fim do mundo?"

4     Jesus respondeu-lhes: Vede que ninguém vos engane;

5     Porque muitos virão em meu nome, dizendo: 'Eu sou o Cristo', e enganarão a muitos.

6     E ouvireis de guerras e de rumores de guerras; olhai, não vos assusteis, porque é necessário que tudo isso aconteça, mas ainda não é o fim.

7     Porquanto se levantará nação contra nação, e reino contra reino; e haverá fomes, pestes e terremotos em vários lugares.

8     Mas todas essas coisas são o princípio das dores.

9      Então vos hão de entregar para serdes atormentados, e vos matarão; e sereis odiados de todas as nações por causa do meu nome.

10     Nesse tempo, muitos se escandalizarão, e trairão-se uns aos outros, e uns aos outros se odiarão.

11     E surgirão muitos falsos profetas e enganarão a muitos.

12     E, por se multiplicar a iniquidade, o amor de muitos se esfriará.

13     Mas aquele que perseverar até o fim será salvo.

14     E este evangelho do reino será pregado em todo o mundo, em testemunho a todas as nações, e então virá o fim.

Deus nos deu esses avisos não para nos assustar, mas para nos preparar para o que está por vir. Quanto mais você estuda e aprende, mais compreenderá a guerra espiritual que ocorre ao nosso redor — como o inimigo, Lúcifer, busca destruir o maior número possível de almas. Lúcifer perdeu seu lugar no céu junto a Deus. Ele era um anjo perfeito: sábio, belo, formoso, resplandecente e radiante. Sua queda ocorreu quando desejou ser como Deus e tomar o Seu trono, rebelando-se contra a autoridade divina.

Ezequiel 28:14-17

14     Você era o querubim ungido para proteger, e Eu o estabeleci; no monte santo de Deus você estava, no meio das pedras resplandecentes você andava.

15     Você era perfeito nos seus caminhos, desde o dia em que foi criado, até que se achou iniquidade em você.

16     Na multiplicação do seu comércio, o seu interior se encheu de violência, e você pecou; por isso, Eu o lancei

profanado do monte de Deus, e o fiz perecer, ó querubim protetor, do meio das pedras resplandecentes.

17      Seu coração se exaltou por causa da sua formosura, corrompeu a sua sabedoria por causa do seu esplendor; Eu o lancei por terra, diante dos reis o pus, para que olhem para você.

Isaías 14:12-14

12      Como caíste do céu, ó Lúcifer, filho da alva! Como foste lançado por terra, tu que debilitavas as nações!

13      E tu dizias no teu coração: "Eu subirei ao céu, acima das estrelas de Deus exaltarei o meu trono, e no monte da congregação me assentarei, nos lados do norte.

14      Subirei acima das alturas das nuvens e serei semelhante ao Altíssimo."

Em um tempo, Lúcifer era um anjo belo, sábio e radiante. Mas, por causa de seu orgulho e rebelião, Deus o lançou para fora do Paraíso. Ele não caiu simplesmente — foi removido pelo julgamento divino e nunca mais poderá retornar.

Desde então, sua missão tornou-se clara: levar o maior número possível de seres humanos à perdição. O inimigo sabe que pertencemos à família do Senhor Jesus e que Deus nos ama profundamente. Ele sabe que temos a oportunidade de viver no Paraíso com Jesus, como uma família — algo que ele perdeu para sempre por causa de seu pecado. Esse conhecimento o enche de inveja, e é por isso que tenta nos cegar e destruir, atacando especialmente as áreas de nossa vida onde somos mais frágeis e vulneráveis, levando-nos a cair no pecado justamente onde somos mais fracos.

1 Coríntios 10:13:

13 Nenhuma tentação tem vindo sobre vocês que não seja comum aos homens. E Deus é fiel; Ele não permitirá que vocês sejam tentados além do que podem suportar. Mas, quando forem tentados, Ele também providenciará uma saída, para que possam suportar.

Você percebe como isso funciona? Não importa a tentação que enfrentemos, Deus sempre nos oferece uma rota de escape. Ele nunca permite que sejamos tentados além do que podemos suportar. Sempre temos a opção de dizer sim ou não ao pecado. Cabe a nós aceitar a saída que Ele providencia ou cair na armadilha do inimigo.

Devemos compreender que vivemos em um mundo visível e carnal, mas também há um mundo invisível. Existe uma grande batalha espiritual por nossas almas — uma luta entre as forças do bem e do mal.

Muitas pessoas negam a existência dessa batalha ou evitam falar sobre ela por medo. Eu também já fui assim — temia o reino espiritual. Mas, quando entreguei minha vida a Deus, Ele abriu meus olhos e me mostrou que não precisamos temer o lado sombrio do inimigo. Nosso Criador e Pai é maior do que qualquer força do mal e nos protege de tudo aquilo que não vem d'Ele.

É por isso que a oração é tão essencial. Devemos orar sobre tudo, todos os dias. **Ore!** A oração nos mantém conectados a Deus e nos fortalece para enfrentar as batalhas espirituais. Precisamos reconhecer que não lutamos contra carne e sangue, mas contra forças espirituais do mal — principados, potestades, dominadores das trevas deste mundo e contra as hostes espirituais da maldade nas regiões celestiais, como nos ensina Efésios 6:12.

Hoje tenho um entendimento mais profundo da diferença entre o bem e o mal e percebo que o discernimento é essencial para enfrentar os desafios deste mundo.

Por exemplo, pense em alguém na sua vida — seja da família ou entre seus amigos — que constantemente causa problemas, critica, provoca, tenta ferir ou diz coisas para magoar você. Naturalmente, sentimentos de raiva e desejo de vingança podem surgir.

É crucial compreender que o que age tanto nessa pessoa quanto em você é um espírito — o espírito do inimigo. Trata-se do espírito de ódio, maldade e vingança, que busca nos afastar de Deus e nos levar a reagir de forma pecaminosa.

# Você Sabe Como Superar o Mundo Carnal?

Então, como devemos lidar com essas lutas? O método correto é orar a Deus, pedindo sabedoria e discernimento para enfrentar esses conflitos de natureza espiritual — e não alimentar desejos de vingança.

Peça sinceramente a Deus que remova os sentimentos negativos do seu coração e que Ele o purifique com o poder do Espírito Santo. Em seguida, envolva cada encontro ou relação com essa pessoa em oração. Sempre que ela se aproximar, ore em silêncio, pedindo a Deus que o proteja e que essa pessoa o deixe em paz. Mais importante ainda, ore para que Deus transforme o coração dela, e o seu também.

Você nunca sabe o que a outra pessoa está enfrentando. Talvez ela esteja passando por tempos difíceis, carregando amargura, raiva ou dor — e, por não saber como lidar, acaba projetando esses sentimentos nos outros. Em alguns casos, essa amargura nasce de algo ainda mais profundo: o espírito de inveja, que procura corromper e destruir. Sim, a inveja é um espírito real, e se não estivermos espiritualmente atentos, ela pode usar pessoas ao nosso redor como instrumentos de destruição

Veja, nossas relações e experiências no mundo carnal são frequentemente influenciadas por forças espirituais que atuam de forma invisível. Quando aprendemos a discernir e lidar com esses espíritos — reconhecendo a realidade do mundo espiritual — nossos problemas mundanos começam a perder força e poder sobre nós.

Mas só alcançamos esse entendimento quando aceitamos Jesus em nossas vidas e permitimos que Deus abra os nossos olhos espirituais para enxergar além do que é visível.

João 8:32

32 E conhecereis a verdade, e a verdade vos libertará.

# Oração: A Intervenção de Deus

Senhor Todo-Poderoso,

Fortalece-nos e faz-nos ver que nossa dependência é totalmente Tua.

Pai amado, venho diante de Ti para pedir perdão pelos meus erros e pecados. Agradeço-Te por mais um dia de vida, e pela oportunidade de tocar o coração e alma de alguém. Que por meio de Ti, essa pessoa também venha a impactar outras vidas, para honra e glória do nome que está acima de todo nome – o nome do Senhor Jesus Cristo. Neste momento, colocamos nossas vidas em Teu altar, entregando tudo em Tuas mãos.

Ó Espírito Santo, fala ao nosso Pai por nós. Diz a Ele que O amamos profundamente e que desejamos servi-Lo com todo o nosso coração, alma e entendimento. Intercede pelos nossos entes queridos — especialmente por aqueles que necessitam urgentemente de Tua intervenção divina. Pai, cremos que, se for da Tua vontade, tudo acontecerá, pois nada é impossível para Ti.

Por favor, Senhor, ajuda-nos. Onde não vemos mais saída, cria novas oportunidades. Restaura a vida onde parece não haver mais esperança. Reconhecemos que, sem Ti, nada somos — por isso clamamos pela Tua presença e misericórdia.

Cuide de cada pessoa que lê esta oração. Guia seus passos em Teus caminhos, purifica-os por dentro e por fora, e restaura tudo o que precisa ser restaurado. Que cada manhã seja um recomeço em Tua graça, renovados e purificados em nome de Jesus. Amém.

Romanos 8:26

26 Da mesma forma, o Espírito nos ajuda em nossa fraqueza, porque não sabemos orar, mas o próprio Espírito intercede por nós com gemidos inexprimíveis.

Quando Jesus subiu ao céu, Ele prometeu que pediria a Deus que nos enviasse um consolador: o Espírito Santo, para nos guiar e fortalecer.

João 14:16-21

16    "E pedirei ao Pai que vos envie outro Consolador, e Ele nunca vos deixará.

17    Ele é o Espírito Santo, o Espírito que conduz a toda a verdade. O mundo não pode recebê-Lo, porque não O busca nem O reconhece. Mas você pode, pois ele vive com você e estará até no seu ser mais íntimo.

18    Não, não vos abandonarei nem vos deixarei órfãos, mas irei ter convosco.

19    Mais um pouco, e terei deixado o mundo, mas ainda estarei com você.

20    Quando eu voltar à vida, vocês saberão que estou em meu Pai, e vocês em mim, e eu em vocês.

21    Aquele que guarda os meus mandamentos e os obedece é aquele que me ama. E porque ele me ama, meu Pai o amará; e eu o amarei e me revelarei a ele."

O Espírito Santo foi dado aos cristãos como ajudador e consolador constante. Ele é a presença viva de Deus em nós, que fortalece na fraqueza, consola na dor e guia na confusão, intercedendo por nós quando nem sabemos orar (Romanos 8:26). Ao entregarmos tudo no altar do Senhor, reconhecemos que nossas forças e sabedoria são limitadas e que apenas Ele pode agir em nosso favor. Humilhar-se diante de Deus é um ato de fé e dependência: quando buscamos o Altíssimo com sinceridade, Ele age com poder, revelando Seu amor e propósito em nossas vidas.

Filipenses 4:6-7

6	Não andeis ansiosos por coisa alguma, mas em todas as situações, pela oração e súplicas, com ação de graças, apresentai a Deus os vossos pedidos.

7	E a paz de Deus, que excede todo o entendimento, guardará os vossos corações e os vossos pensamentos em Cristo Jesus.

Salmos 121:1-2

1	Levanto meus olhos para as montanhas - de onde vem minha ajuda?

2	Minha ajuda vem do Senhor, o Criador do céu e da terra.

# Os Sonhos de Deus São Incomparáveis aos Sonhos Humanos

Concentre-se em Deus, que é maior do que qualquer obstáculo.

Efésios:6:18

18 Orem no Espírito em todas as circunstâncias, com toda súplica e humilde insistência. Com isso em mente, vigie com toda perseverança na oração por todos os santos.

Ao refletirmos sobre nossas vidas, percebemos que nem todas as decisões que tomamos nos conduziram ao verdadeiro sucesso. Algumas escolhas podem ter trazido consequências dolorosas, mas mesmo nessas situações Deus continua no controle — e nele sempre há uma solução, um recomeço e um propósito maior do que conseguimos compreender.

Ore e caminhe na direção dos seus sonhos com Deus. Quando você pede a Deus que o ajude a alcançar um sonho ou objetivo, Ele o ouvirá e o conduzirá. Comece orando para que o Senhor abra as portas certas e mostre os caminhos por onde deve seguir. Avance com fé, mesmo diante de distrações, e confie que Deus cuidará do que estiver além do seu alcance. Lembre-se sempre: Deus faz a parte d'Ele, mas você também precisa fazer a sua. O Senhor abre caminhos, mas é preciso caminhar por eles com esforço, disciplina e perseverança.

Deus responde às orações de maneiras inesperadas. Quando você entrega seus sonhos a Ele, o Senhor o posiciona nos lugares certos, abre as portas necessárias e fecha aquelas que o afastam do propósito. Assim, Deus prepara o caminho — e cabe a você dar o primeiro passo em direção ao seu sonho, confiante de que Ele completará a boa obra que começou.

Provérbios 16:3

Confia ao Senhor as tuas obras, e os teus planos serão estabelecidos.

Salmos 37:5

Entregue o teu caminho ao Senhor, confia nele, ele o fará.

Às vezes, você pode se encontrar em um caminho que não o leva na direção que planejou — não se apavore. Quando Deus o conduz por uma rota diferente, confie nas decisões d'Ele. O Senhor enxerga o que nós não enxergamos, mais do que qualquer coisa que poderíamos imaginar. O caminho que Deus escolhe sempre conduz a resultados mais elevados e significativos do que os nossos próprios planos. Por isso, permaneça em oração, faça o seu melhor e confie plenamente nos propósitos do Pai.

Os sonhos de Deus são incomparáveis e infinitamente mais gratificantes que os nossos, porque formam o caráter, trazem vida e aproximam as pessoas de Deus. Aquilo que Ele prepara é perfeito – e, no tempo certo, tudo se encaixa segundo a Sua vontade.

# Deus Abrirá Seus Olhos: Servindo ao Criador ou à Criação?

A verdadeira força divina vem de Deus. Quando você entrega sua vida ao Criador, tudo muda — e tudo começa dentro de você.

Deus abre seus olhos para que você veja o mundo de maneira diferente; um novo horizonte espiritual se revela. Ele nos permite perceber a beleza e a verdade da Sua criação — algo que acontece quando nascemos de novo espiritualmente ou buscamos Sua ajuda em oração para transformação.

Só através de Deus isso é possível.

Este é um dom que Deus concede a todos que aceitam Jesus de coração e alma. Mas só quando o experimentamos é que realmente compreendemos a profundidade e a beleza desse presente. Embora esteja disponível a todos, muitos não buscam ou não desejam esse dom, porque relutam em se comprometer com Jesus, permanecendo focados nas preocupações e prazeres deste mundo passageiro — buscando riqueza, fama, carreira ou conquistas materiais. Algumas pessoas até encontram satisfação e felicidade temporárias, mas tudo isso é passageiro e insuficiente diante da verdadeira vida que Deus oferece.

Muitos só despertam para a realidade quando a tragédia acontece, quando a doença os atinge ou a morte se aproxima — e, às vezes, pode ser tarde demais para mudar de direção, dependendo das circunstâncias.

Depois que a vida termina, não há mais como voltar atrás. Após a morte, as oportunidades para se arrepender, perdoar, amar ou mudar seu estilo de vida não existirão.

Por isso, não espere mais um segundo para entregar sua vida — e a vida de seus entes queridos — ao Senhor Deus, o Pai de Abraão, Isaque e Jacó.

Você não precisa ser perfeito ou mudar algo antes de se entregar ao Senhor; não é necessário se consertar primeiro. Venha como você está.

O nosso Deus Altíssimo, puro e santo, desce do Seu trono e entra na podridão, escuridão e abismo que tantas vezes encontramos em nossas vidas. E ali Ele nos resgata. Este é o amor perfeito: um Deus que nos ama, nos busca e nunca nos abandona. Mas é necessário convidá-Lo para a sua vida; uma vez que Ele entra, muda as circunstâncias, transforma o coração, renova os pensamentos e muda o modo de viver.

O mundo oferece muitos caminhos, mas somente Jesus oferece salvação e vida eterna no Paraíso com Ele.

Todos os outros caminhos, por mais atraentes que pareçam, levam à destruição. Muitos afirmam que a energia do Universo, do sol ou do pensamento positivo traz força, paz e equilíbrio. Esses caminhos até podem trazer alívio momentâneo, mas diante das provas da eternidade, eles falham em salvar sua alma. Por isso, siga o Criador, e não a criação. Somente Deus pode dar a vida eterna, esperança verdadeira e paz que não passa — mesmo nos momentos em que a morte se aproxima.

# Testemunho

Certa vez, ouvi um testemunho poderoso em um programa cristão sobre uma mãe cuja filha estava envolvida com drogas, álcool e festas.

Em um momento, a mãe percebeu que não havia mais sentido em apenas conversar com a filha. Ela poderia desistir ou mandá-la embora, mas escolheu persistir. Sabia que precisava de algo mais profundo e convincente para alcançar a filha e, reconhecendo suas limitações, clamou a Deus para fazer o que ela não podia.

Sempre que sua filha chegava em casa nessas condições, a mãe ia para o quarto, se ajoelhava, colocava as mãos nos pés da filha e orava incansavelmente pelo resgate dela.

Ela continuou assim por muito tempo, até que Deus tocou o coração da filha e mudou sua vida. Com grande persistência e fé, essa mãe lutou até que Deus lhe concedeu a vitória — para Sua glória.

Mais tarde, a jovem deu um depoimento emocionante na TV brasileira, mostrando como a oração de sua mãe foi transformadora.

Compartilho esta história para lembrá-lo de que Deus responde às orações. Mantenha a fé em Deus e nunca desista de seus filhos, nem de qualquer pessoa que precise de ajuda, seja família ou amigo. Não critique; ore. Peça a Deus para realizar o impossível.

Com Deus, não há limites. Ele pode fazer aquilo que é impossível para nós. Nunca acredite que está sozinho — continue intercedendo por si e por sua família.

Como mencionei antes, o que pode parecer lutas da carne — como vício, prostituição e depressão — muitas vezes está profundamente enraizado na escuridão espiritual. Esses espíritos podem ser expulsos por meio de orações e jejuns, abrindo espaço para o Espírito de Deus habitar e transformar vidas. Lembre-se das palavras de Jesus (Marcos 9:29, ): "Esse tipo só pode sair pela oração e jejum."

Ninguém pode servir a dois senhores. Você precisa escolher a quem entregará seu coração e sua vida. Será o deus deste mundo — o pai da mentira, que governa através da corrupção, da perversão, da idolatria e do amor ao dinheiro, oferecendo apenas prazeres passageiros e enganosos? Ou será o único Deus verdadeiro, nosso Santo, puro e perfeito Criador, aquele que pode libertar, restaurar, transformar e conceder a vida eterna?

A escolha é sua. Não há meio-termo. Cada caminho leva a um destino — apenas o Senhor conduz à verdadeira liberdade e à paz que jamais passa

# Decisões Que Podem Mudar Sua Vida e Seu Futuro

Esteja atento à companhia que você mantém. As pessoas ao nosso redor têm uma influência poderosa sobre quem nos tornamos e para onde estamos indo. Por isso, é essencial orar a Deus por companheiros justos e sábios, que nos encorajem a crescer, seguir o Senhor e andar em honestidade e verdade.

Da mesma forma, você também desempenha um papel na salvação deles, encorajando-os a escolher Deus através de suas ações e palavras.

A Bíblia diz no Salmo 1:1: "Bem-aventurado o homem que não anda no conselho dos ímpios, nem se detém no caminho dos pecadores, nem se assenta na roda dos escarnecedores."

Nossa amizade tem um peso espiritual e prático. Ela pode nos edificar ou nos puxar para baixo. Portanto, escolha cuidadosamente quem fará parte da sua vida. Cercar-se de pessoas positivas, sábias e piedosas conduz ao crescimento pessoal e a resultados abençoados, enquanto associar-se a pessoas negativas ou prejudiciais pode trazer consequências negativas.

Não subestime o conselho das Escrituras: afaste-se dos insensatos e tolos, pois deles não provém conhecimento nem sabedoria verdadeira.

Você será abençoado ao seguir os conselhos de pessoas sábias, ao andar com aqueles que amam a Deus e ao construir relacionamentos com quem teme o Senhor. Quando nos comprometemos a andar com os sábios, nossa vida naturalmente se enriquece e se fortalece.

E se você tiver a bênção de cercar-se de pessoas justas, não se esqueça de agradecer a Deus por esse presente. Retribua com amor — encorajando-os a continuar seguindo o caminho de Deus.

Sou grata a Deus porque, desde o início da minha vida, estive cercada por pessoas incríveis que me ensinaram a ser honesta e seguir o caminho da verdade.

Todos nós podemos lembrar daqueles que desempenharam papéis fundamentais em nossas vidas, deixando um impacto profundo e positivo em nossos corações.

A presença desses amigos é um verdadeiro tesouro, que levamos conosco para sempre.

Sou eternamente grata a eles e, acima de tudo, a Deus, por Sua fidelidade e amor constante.

1 Coríntios 15:33

Não se engane: más companhias corrompem bons comportamentos.

Provérbios 22:24-25

24      Não se associe com aqueles que são temperamentais, nem ande na companhia daqueles que se irritam facilmente.

25      caso contrário, você acabará imitando sua conduta e caindo em uma armadilha mortal

Provérbios 13:20

20 Quem anda com os sábios será sábio, mas o companheiro dos tolos será destruído.

A oração tem o poder de mudar o coração humano, renovando-nos de dentro para fora. Quando somos mudados por Deus, nossas circunstâncias também podem se transformar, e podemos redirecionar o rumo de nossas vidas segundo a Sua vontade.

Se você está procurando um avanço espiritual, ore o Salmo 91 e jejue por sete dias. Você verá a ação de Deus de maneira poderosa em sua vida, na vida de seus filhos e de todos aqueles por quem você intercede, mesmo nas situações mais desafiadoras.

Lembre-se sempre: Deus, nosso Criador, soberano e todo-poderoso. Nada escapa ao Seu controle; Ele cuida de cada detalhe da nossa vida. Confie plenamente, creia firmemente e entregue-se inteiramente, porque só Ele realiza milagres onde o homem não pode.

Mateus 10:28-30

28    Não tenha medo daqueles que matam o corpo, mas não podem matar a alma. Em vez disso, tenha medo daquele que pode destruir tanto a alma quanto o corpo no inferno.

29    Não se vendem dois pardais por um jumento? No entanto, nenhum deles cai por terra sem o consentimento de seu Pai.

30    Até os cabelos da sua cabeça estão todos contados.

Fale com Deus. Abra o seu coração. Mesmo sabendo de tudo, Ele ainda deseja ouvir cada detalhe — porque precisamos dEle.

Marcos 10:51

O que você quer que eu faça por você? Jesus perguntou a ele. O cego disse: "Rabi, eu quero ver."

Aqui vemos algo poderoso: mesmo sabendo do que o cego precisava, Jesus lhe fez a pergunta, envolvendo-o em sua própria decisão.

A oração também segue princípios espirituais profundos e transformadores. Quando você aplica a oração em sua vida, descobre que, com Deus, não há limites. Ele é o Todo-Poderoso e é capaz de responder às suas súplicas. Ele é quem permite transformar suas circunstâncias, seus relacionamentos, seu comportamento e até o destino de sua família.

O Deus invisível, que criou o universo visível do nada, manifesta Seu amor, Sua ordem e Seu poder. Ele se dedica a abençoar as pessoas, mesmo aquelas que se afastam dEle. Amém.

# O Amor de Deus Não Tem Limites.

He created the heavens and the earth.

No início, Deus criou os céus e a terra; a terra estava deserta e sem forma, e a escuridão se estendia sobre o abismo.

Colossenses 1:16

Porque nele foram criadas todas as coisas que há nos céus e na terra, visíveis e invisíveis, sejam tronos, sejam dominações, sejam principados, sejam potestades; tudo foi criado por ele e para ele.

Toda a criação de Deus — o nascer do sol, o pôr do sol, as estrelas e os mares — foi feita para todos nós. Todos nós, mesmo aqueles que não creem em Sua existência ou que O rejeitam, temos o privilégio de experimentar a grandiosidade de Sua obra. Pense nisso: Deus não limita Suas bênçãos apenas aos fiéis; Ele as estende a todos, mesmo àqueles que não as merecem.

A beleza e a maravilha do mundo natural refletem a bondade, a sabedoria e a arte de Deus. Pessoas de toda a parte do mundo podem apreciar e se encantar com a criação e, em essência, desfrutar da natureza é uma forma de se conectar com o Criador Divino.

Gênesis 1:26-28

26      Façamos o homem à nossa imagem, conforme a nossa semelhança; e domine eles sobre os peixes do mar, sobre as aves do céu, sobre os animais domésticos, sobre toda a terra e sobre todo réptil que se move sobre a terra.

27      E Deus criou o homem à Sua imagem, à imagem de Deus, Ele os criou; homem e mulher Ele os criou.

28      E Deus os abençoou, e Deus lhes disse: Sede fecundos e multiplicai-vos, e enchei a terra e sujeitá-a, e dominai sobre os peixes do mar, sobre as aves do céu e sobre todos os animais que se movem sobre a terra.

# Desapegue-se das Suas Circunstâncias e Foque em Deus e em Jesus.

Deus deseja que você confie plenamente Nele, sem se prender às circunstâncias da sua vida. Fixe seus olhos em Deus, e Ele fará o que está além do seu alcance — o invisível e o impossível aos olhos humanos.

Quando você medita na Palavra de Deus, sentirá Sua presença. E onde Ele está, há plenitude de alegria, esperança e prazer eterno.

Ao orar, o Reino de Deus vem à terra, e você experimentará uma unção sobrenatural, tornando-se um embaixador do Seu Reino. Sempre ore em nome de Jesus.

A melhor forma de aumentar sua fé é lendo a Bíblia. Ela transforma vidas, revela quem é o seu Deus com detalhes, fortalece o coração e desperta em você o desejo de compartilhar Suas obras com o mundo.

Antes de começar a ler, reserve um momento para orar. Peça a Deus sabedoria e que Ele abra o seu coração. Aproxime-se de Sua Palavra com a mente e o espírito abertos, para que Ele possa guiá-lo em cada passo da sua vida.

Salmos 119:105

105 Lâmpada para os meus pés é a tua palavra, e luz para o meu caminho.

Isso significa que, em todas as circunstâncias de nossas vidas, a Bíblia é uma luz guia.

2 Coríntios 4:18

18 Portanto, fixamos nossos olhos não no que é visto, mas no que não é visto; pois o que é visto é transitório, mas o que não é visto é eterno.

# Às Vezes, Deus Muda Seus Planos para Nos Abençoar.

2 Reis 20:1-6

1    Naqueles dias, Ezequias adoeceu mortalmente; e o profeta Isaías, filho de Amós, aproximou-se dele e disse: Assim diz o Senhor: Põe em ordem a tua casa, porque morrerás e não viverás.

2    Então ele virou o rosto para a parede e orou ao Senhor, dizendo:

3    Ah, Senhor! Rogo-Te que te lembres de que tenho andado diante de ti em verdade, com um coração perfeito, e tenho feito o que era bom aos teus olhos. E Ezequias chorou muito.

4    E sucedeu que, quando Isaías ainda não tinha saído do meio do átrio, veio a ele a palavra do Senhor, dizendo:

5    Volte e diga a Ezequias, capitão do meu povo: 'Assim diz o Senhor, o Deus de Davi, teu pai; Ouvi a tua oração, e vi as tuas lágrimas: eis que te curarei; ao terceiro dia subirás à casa do Senhor.

6    E acrescentarei aos teus dias quinze anos, e livrar-te-ei, a ti e a esta cidade, da mão do rei da Assíria; e defenderei esta cidade por minha causa e por causa de Davi, meu servo.

Esse relato notável mostra a oração sincera de Ezequias e a compaixão de Deus para com ele.

Quem foi Ezequias na Bíblia?

Ezequias foi um dos reis mais fiéis e piedosos de Judá, conhecido por sua confiança no Senhor e por promover as principais reformas religiosas. Ele reinou em Jerusalém por 29 anos — por volta de 715–686 a.C. — e sua história é relatada em 2 Reis 18–20, 2 Crônicas 29–32 e Isaías 36–39.

- Dedicado a Deus: Ezequias "fez o que era reto aos olhos do Senhor" – 2 Reis 18:3
- Reformador Religioso: Ele destruiu altares pagãos, quebrou ídolos, cortou postes sagrados de Aserá e purificou o templo - restaurando a verdadeira adoração em Judá.
- Confiou em Deus durante a crise: Quando o rei assírio Senaqueribe ameaçou Jerusalém, Ezequias orou e confiou em Deus. Em resposta, Deus enviou um anjo que matou 185.000 soldados assírios (2 Reis 19:35).
- Cura e mais 15 anos: Quando Ezequias adoeceu gravemente, o profeta Isaías anunciou que ele morreria. Mas Ezequias orou com fervor, e Deus respondeu curando-o e acrescentando 15 anos à sua vida (2 Reis 20:1-6).

Ezequias é lembrado como um rei justo e fervoroso, cujo coração estava totalmente comprometido com o Senhor. Seu reinado trouxe reavivamento a Judá durante um período espiritualmente sombrio, e sua história oferece lições poderosas sobre oração, arrependimento e confiança em Deus.

Aqui está a prova de que Deus ouve nosso clamor.

O Deus vivo já havia estabelecido o dia do nascimento e da morte de Ezequias. No entanto, por causa do Seu grande amor, o Senhor escolheu ouvir os clamores de Ezequias e mudar o curso de sua história, concedendo-lhe quinze anos de vida. Além disso,

Deus prometeu protegê-lo e ser o sustentador da cidade. Toda a Jerusalém foi abençoada por causa da oração de um homem justo.

Que maravilha é saber que o Deus Todo-Poderoso nos ouve, apesar de nossas falhas e pecados! Por Sua fidelidade e graça abundante, Ele é capaz de alterar circunstâncias e mudar destinos. Tudo isso simplesmente para demonstrar Seu amor e misericórdia. Por meio da oração sincera e da humildade, podemos tocar o coração do Deus Altíssimo.

Sabemos e cremos que nada neste mundo pode impedir ou frustrar os planos que o Senhor tem preparado para nossas vidas, pois Ele é o "Eu Sou", o Deus eterno e soberano.

Por isso, enfrentaremos nossas batalhas com um só propósito: clamar ao Senhor dos Senhores, o Deus de Israel. Unidos em fé, elevamos nossa voz ao Pai em nome do Senhor Jesus Cristo.

Não confiamos em nossa força ou poder, mas no Senhor, que é capaz de mudar até o destino previamente traçado. Cremos no impossível e no milagre de Deus. Grande e amado Pai, agradecemos-Te por ouvir nossas orações. Sabemos que, quando Tu impões Tuas mãos sobre nós, a cura vem e vidas são restauradas.

Cubra-nos com o sangue do Cordeiro, proteja-nos, console-nos e renove a alegria em nossos lares. Reúna os corações divididos e traga de volta a comunhão que vem de Ti.

Que o Senhor nos conduza pelas veredas do Seu nome. Que os anjos do Senhor guardem e guiem nossa família em todos os caminhos, e que sejamos abençoados no nome acima de todos os nomes: o nome do Rei Jesus.

Salmos 91:11-13

11    Pois Ele dará ordens aos Seus anjos a seu respeito, para que o guardem em todos os seus caminhos.

12    Eles o sustentarão em suas mãos, para que você não tropece em alguma pedra.

13    Você pisará o leão e a serpente; calcará aos pés o leãozinho e o dragão.

# O poder de Deus em Tempos de Instabilidade.

Jeremías 29:11-13

11      Pois eu conheço os pensamentos que tenho a respeito de vocês, diz o Senhor, pensamentos de paz e não de mal, para dar-lhes o fim que vocês esperam.

12      Então você me invocará e irá orar a mim, e eu o ouvirei.

13      E você me buscará e me achará, quando me buscar de todo o seu coração.

Geralmente, não pensamos em Deus quando tudo vai bem em nosso pequeno mundo. Porém, quando um vendaval inesperado sopra com força e nos arranca da nossa zona de conforto, da segurança e da rotina, ficamos desesperados — sem saber o que fazer ou em quem confiar. É então que, abalados e sem direção, voltamos para Deus em busca de Sua compaixão e misericórdia. Sentimos o chão desaparecer sob nossos pés, e o desespero começa a tomar conta do coração.

**Inspirada em João 16:33**

33 Todos nós passamos por aflições — é parte da vida neste mundo. Mas podemos ter paz, pois Cristo venceu o mundo.

Mais importante lembrar: momentos assim não acontecem apenas com alguns — todos nós, sem exceção, enfrentamos tempestades na vida. Elas fazem parte da jornada humana e do processo de crescimento espiritual.

Nestes dias de caos, Deus permanece ao seu lado. Ele nunca se afasta; pacientemente espera que você clame a Ele para agir em sua vida. O Senhor está pronto para restaurar o que foi quebrado, transformar o seu destino e salvar não apenas a sua alma, mas também as almas da sua família.

Apocalipse 3:20

20 Eis que estou à porta, e bato; se alguém ouvir a minha voz e abrir a porta, entrarei em sua casa, e cearei com ele, e ele comigo.

Deus chama cada um de nós. Não basta ouvir Sua voz — é preciso abrir a porta do coração e permitir que Ele entre em nossa vida.

Devemos entregar a Ele tudo o que somos e tudo o que temos, para que Sua presença se manifeste e milagres ocorram. Afinal, somos limitados, e Deus é o Dono e Criador de todas as coisas, incluindo a vida e a morte.

Quando você abre seu coração para Deus, o véu que antes cegava seus olhos é removido, permitindo enxergar o mundo com uma perspectiva totalmente nova. Convidar Deus para sua vida torna cada instante mais valioso e significativo. Até as coisas mais simples — o voo de uma borboleta, cores vibrantes, o canto dos pássaros, aromas e sabores — tornam-se lembranças vivas do amor de Deus. Tudo se transforma em extraordinário.

Seu Criador conhecia você antes mesmo de ser formado no ventre de sua mãe. Ele já sabia seu nome. Cada detalhe da criação — frutas, sabores, fragrâncias, animais, montanhas e oceanos — foi criado por Ele para seu deleite e benefício.

Os seres humanos podem tentar replicar a criação de Deus, mas jamais conseguirão alcançar a perfeição de Sua obra. Todas as cópias humanas ficam aquém da perfeição divina e são, de algum modo, imperfeitas. É por isso que existem sabores artificiais ou bananas cultivadas em laboratórios, que jamais terão o mesmo sabor ou textura da criação original. Deus é perfeito e meticuloso, e Sua criação é extravagante e majestosa. É na pureza e simplicidade de Sua Palavra que Ele nos transforma em novas criaturas.

Pare por um momento e observe ao seu redor. Repare nos detalhes de tudo que está perto de você — por exemplo, sua comida. Deus criou uma diversidade infinita de alimentos, permitindo que os exploremos em combinações infinitas. Esse cuidado é uma expressão de Seu amor e bondade, proporcionando prazer em algo tão básico para a vida humana e funcionando como um lembrete diário da generosidade do Criador.

Olhe também para os animais que Ele colocou em sua vida. Observe os detalhes de sua criação e a variedade que encontramos apenas neles. Cada espécie, cada ser, foi criado com um propósito específico. Mesmo os cães ilustram isso: foram projetados para desempenhar diferentes funções — pastoreio, caça, guarda ou companheirismo — beneficiando os humanos de várias maneiras e trazendo alegria e utilidade às nossas vidas.

# Relacionamento Pessoal com Deus.

Quando você tem um relacionamento pessoal com Deus e O experimenta de verdade, nunca mais desejará se afastar Dele. Ele se tornará o ar que você respira, sua força, sua vitória e sua certeza.

Ele lhe dará um novo espírito e um novo coração de carne. Você poderá até chorar ao perceber quanto tempo ignorou Seu chamado. Mas, ao olhar para sua vida, começará a reconhecer todas as situações em que Ele se manifestou, cuidou de você e o libertou. Você perceberá que Deus estava presente mesmo antes de você conhecê-Lo e aceitá-Lo — protegendo-o, guiando-o e libertando-o a cada passo.

Ele nunca desistirá de você ou de sua família. Mesmo que você não perceba, tudo neste mundo é passageiro; nada aqui é eterno. Então, que sentido tem viver uma vida vazia, sem um propósito eterno, sem se apoiar na proteção e no cuidado de Deus? O que restará quando tudo que conhecemos nesta terra chegar ao fim?

Quando encontramos o nosso Senhor Jesus Cristo, passamos a viver com esperança e segurança, compreendendo que nossa verdadeira morada não é neste mundo. Esta vida é apenas uma jornada que nos conduz ao lar eterno no Paraíso — o lugar onde realmente pertencemos.

Não se iluda: esta vida não é tudo. Há algo extraordinário esperando por nós na eternidade: viver na presença de Deus, onde não haverá mais tristeza, dor, doença ou lágrimas. Haverá apenas paz, amor e a beleza celestial e, acima de tudo, a comunhão eterna com o Pai. Isso não é uma fantasia — é uma promessa segura que Ele fez a cada um de nós.

Ezequiel 36:26-27

26    Eu lhes darei um novo coração e colocarei um novo espírito dentro de vocês. Tirarei o seu coração de pedra e lhe darei um coração de carne.

27    Porei o meu Espírito dentro de vocês e os levarei a agir de acordo com os meus estatutos e a obedecer fielmente às minhas ordenanças.

Dilene Leila Swofford

# Fazer Parte da Família de Deus

A família é uma instituição sagrada, estabelecida por Deus como fundamento da vida humana e do bem-estar da sociedade. Ela reflete o amor e o caráter de Deus.

Desde o princípio, o Senhor Deus criou a família, colocando o casamento e a paternidade como bases essenciais da convivência humana.

Deus ama a família e deseja que amemos, cuidemos e nos apoiemos uns aos outros, refletindo o Seu amor e a compaixão em nossas relações. Jesus enfatizou a importância da família, ensinando sobre a santidade do casamento e o dever dos pais de criarem seus filhos segundo o caminho do Senhor.

Aqueles que amam e obedecem a Deus tornam-se parte de uma família espiritual — uma comunidade unida por fé e amor, encorajamento e cuidado mútuo, assim como uma família biológica.

Peça a Deus, em nome de Jesus, que entre em sua vida e transforme o que precisa ser mudado. Entregue a Ele seu coração e sua mente, e confie o resto em Suas mãos. Ele faz o que nós não podemos fazer. Ele é o Deus do impossível. Nenhum poder, pessoa ou força neste mundo é maior que o nosso Deus.

Tenha fé e confie plenamente em Deus. Tudo pertence a Ele; nada é permanente neste mundo. Do Criador viemos, e a Ele retornaremos. Mas, se O escolhermos como Senhor e Salvador, viveremos para sempre como membros da Sua gloriosa família.

Romanos 8:38-39

38      Pois estou convencido de que nem a morte nem a vida, nem os anjos nem os demônios, nem o presente nem o futuro, nem quaisquer poderes,

39      nem a altura, nem a profundidade, nem qualquer outra coisa na criação poderá nos separar do amor de Deus que está em Cristo Jesus, nosso Senhor.

Efésios 2:19

19 Portanto, vocês já não são estrangeiros nem forasteiros, mas concidadãos dos santos e membros da família de Deus;

# O Cuidado de Deus.

Salmos 32:7-8 NIV

7       Você é meu abrigo; Você me preservará de problemas e me cercará com canções de libertação.

8       Eu te instruirei e te ensinarei o caminho em que deves andar; Vou aconselhá-lo e cuidar de você.

Deus é capaz de fazer além de tudo o que pedimos ou pensamos (Efésios 3:20).

Reserve um momento para refletir sobre sua vida. Você consegue perceber a obra de Deus em cada detalhe? Consegue reconhecer de que maneiras Ele o tem abençoado, muitas vezes além de suas expectativas?

Deus cuida de nós com amor e fidelidade. Ele supre até mesmo nossas necessidades materiais, mesmo quando não temos condições de fazê-lo por conta própria (Mateus 6:25, 34). O Senhor conhece profundamente o que precisamos e provê tudo no tempo certo. Mas Suas bênçãos vão muito além do que é visível. Ele também nos fornece coisas ocultas — respostas silenciosas, livramento e consolos — que muitas vezes nem sabemos pedir, porque Ele conhece o íntimo do nosso coração.

Filipenses 4:19

Mas o meu Deus suprirá todas as vossas necessidades segundo as suas riquezas em glória, por Cristo Jesus.

Deus quer que dependamos d'Ele em todas as áreas da vida. Contudo, é importante lembrar que os bens materiais não devem ser o nosso principal objetivo. A verdadeira prosperidade não é medida pelo que possuímos, mas pela presença de Deus em nós.

Os justos são, de fato, abençoados — mas isso não significa que a prosperidade seja um sinal automático de aprovação divina. Se você não for honesto, sua prosperidade não testifica sobre Deus. Em Sua graça, Ele abençoa a todos, porque é bom e misericordioso, independentemente da justiça humana.

Mateus 5:45

45 Para que vos torneis filhos do vosso Pai que está nos céus; porque ele faz nascer o seu sol sobre maus e bons e vir chuva sobre justos e injustos.

Colossenses 3:1-2

1 Portanto, se você ressuscitou com Cristo, busque as coisas acima, onde Cristo está sentado à direita de Deus.

2 Pensai nas coisas que são de cima, não nas coisas que são da terra;

Mateus 4:10

Então Jesus lhe disse: Vai, Satanás, porque está escrito: Adorarás o Senhor teu Deus, e só a Ele servirás.

Assim como Jesus disse a Satanás: "Está escrito", também devemos nos firmar no que está escrito na Palavra do Altíssimo.

O cuidado de Deus por cada um de nós é revelado em toda a Bíblia.

Salmos 32:8

8 Eu te instruirei e te ensinarei o caminho em que deves andar; Vou aconselhá-lo e cuidar de você...

Aqui, Deus faz uma de Suas promessas à humanidade. Acredite na promessa de Deus e tenha fé de que Ele está no comando de sua vida e nunca sairá do seu lado. Ele é quem o guarda quando você entra e sai de sua casa.

Mateus 10:30-31

30      Até os cabelos da sua cabeça estão todos contados.

31      Portanto, não tenha medo; Você vale mais do que muitos pardais!

Romanos 8:32

32 Aquele que nem mesmo poupou seu próprio Filho, mas o entregou por todos nós, como não poderá, com ele, também nos dar gratuitamente todas as coisas

# Oração: Colocando Sua Família e Seu Futuro no Altar do Senhor.

Senhor, agradecemos-Te por mais um dia de vida, por novas oportunidades, esperança e fé. Em Tua santa presença, venho a Ti, para a honra e glória do nome do Senhor Jesus, para colocar a vida de minha família no Teu altar, pedindo-Te que realizes maravilhas em nossas vidas.

Coloco em Tuas mãos todo o medo, insegurança, tristeza, sonhos, planos, desejos, pensamentos, meu corpo, minha alma — tudo o que sou e tudo o que tenho.

Pai, peço-Te que assumas o controle de todas as situações a partir deste momento. Sabemos que, quando nós, seres humanos, tentamos todas as outras opções, é então que Tu Te manifestas, nos guardando e libertando de tudo o que não procede de Ti.

Senhor, em unidade, pedimos que toques nossas vidas e traga paz a quaisquer problemas que causem preocupação em nossa família. Renova e restaura nossa saúde, para que possamos desfrutar de muitos anos de uma vida plena, saudável e feliz junto àqueles que amamos. Toque o coração de cada membro da família. Acalma todas as almas, ó Pai, para a honra e glória do Teu nome.

Eu Te amo, Pai Celestial. Suplico que realizes em nós o que não podemos realizar por nós mesmos. Tudo pertence a Ti e vem de Ti; confiamos plenamente em Teu cuidado e provisão. Sabemos que Tu és maravilhoso e nos amas de uma forma que vai além de nossa compreensão.

Que toda honra, toda glória e toda adoração sejam dedicadas ao nome do Senhor Jesus. Amém.

82

# Confiando em Deus em Tempos Difíceis.

Efésios 6:18

18 Orem no Espírito em todas as circunstâncias, com toda súplica, e vigiem com perseverança e súplica por todos os santos.

Somente Deus possui todas as respostas, toda a certeza e os planos mais perfeitos. Por isso, devemos confiar n'Ele completamente, sem desistir, nem mesmo em nossos pensamentos. Quem desiste no meio da jornada perde a oportunidade de experimentar a graça e os milagres que o Senhor preparou para o final do caminho.

Nenhum de nós está isento de enfrentar dificuldades. Eclesiastes 9:11 nos ensina que "tempo e acaso" acontecem a todos nós, ou seja, todos passarão por adversidades em algum momento. Considerando também as dores e limitações trazidas pelo pecado a este mundo, a vida pode parecer dolorosa e injusta algumas vezes.

Mas a boa notícia é que Deus está conosco em cada passo do caminho.

Ser forte nunca é fácil. Se fosse, todos já teriam realizado seus sonhos e testemunhado milagres. Porém, quando colocamos Deus em primeiro lugar e confiamos plenamente em Seus planos e fidelidade — mesmo quando tudo parece indicar o contrário — a vitória se torna uma realidade. A verdadeira fé consiste em confiar além do que os olhos podem ver, perseverar mesmo sem compreender totalmente e acreditar, no mais profundo do coração, que Deus continua trabalhando a nosso favor.

Quando enfrentamos dificuldades e sofrimentos, devemos examinar nossa fé e fortalecê-la, pois ela é o canal que nos conecta à força divina, permitindo-nos perseverar. Viver pela fé e não apenas pelo que vemos significa olhar além dos desafios diante de nós, confiando que Deus nos ama e está ativamente trabalhando para que todas as coisas cooperem para o nosso bem — mesmo quando ainda não conseguimos perceber Seu agir.

Romanos 8:28

28 E sabemos que todas as coisas contribuem juntamente para o bem daqueles que amam a Deus, daqueles que são chamados segundo o seu propósito.

# Oração: Promessas do Senhor que Transformam e Curam

Ó Senhor Deus, coloco a vida desta pessoa sobre o Teu altar, para a glória e honra do nome de Jesus. Pai amado, pedimos que tudo o que Tu começaste em sua vida seja cumprido, para que o Teu nome — o nome acima de todo nome, "Jesus Cristo", nosso Salvador — seja engrandecido. Aquele que se entregou por nós, oferecendo-nos a graça de uma nova vida e a promessa da salvação eterna.

Senhor, estende Tuas mãos de poder e toca cada área do corpo, da mente e do coração dessa pessoa. Traz cura onde há dor, restauração onde há feridas e força onde há cansaço. Humildemente Te suplicamos: renova-lhe a saúde, restituí-lhe a alegria, desperta-lhe o ânimo para viver e acende em seu interior o desejo ardente de buscar a Tua presença. Que essa vida se torne um instrumento em Tuas mãos — um canal de bênçãos, levando esperança, fé e amor àqueles que dela se aproximarem. E que, por meio dela, muitas almas sejam alcançadas e salvas para o Teu Reino. Amém!

Jeremías 17:14

14 Cura-me, Senhor, e serei curado;

Salva-me, e eu serei salvo,

Pois Tu és aquele a quem eu louvo.

# Seja Forte e Corajoso

Josué 1:9

9 Eu não ordenei a você? Seja forte e corajoso! Não se assuste nem desanime, pois o Senhor, o seu Deus, estará com você por onde quer que você vá.

Isaías 41:10

10 Não tenha medo, pois estou com você; não se assuste, pois eu sou o seu Deus; Eu o fortalecerei, ajudarei eu o sustentarei com a destra da minha justiça.

Não acredito em coincidência nem em sorte; acredito no plano perfeito e na providência infalível de Deus.

Ele nos criou com propósito, para sermos instrumentos de amor, esperança e transformação na vida das pessoas. Em tempos de dificuldade, somos chamados a estender nossas mãos e abrir nossos corações, guiados pelo Seu amor.

Quando clamamos pela vida de alguém, não é apenas uma palavra lançada ao vento: é uma intercessão divina. Nós — filhos de Deus — nos tornamos canais de misericórdia, orando por outra alma, para a honra e glória de Seu Santo nome.

Deus age de maneiras misteriosas, muitas vezes além da nossa compreensão. Mesmo quando os resultados não são visíveis, Ele trabalha silenciosamente, derramando bênçãos, cura e restauração sobre aqueles por quem intercedemos e sobre suas famílias. Seu amor nunca falha; Suas promessas nunca vacilam. Que o nome de Jesus seja exaltado em nossas vidas, em nossos lares e em todos os corações que ainda não O conhecem.

Senhor, nós Te adoramos com todo o nosso ser. Nós nos rendemos à Tua vontade e confiamos em Teu poder.

Os planos de Deus são infinitamente maiores do que nossa visão limitada consegue alcançar. Talvez não consigamos compreender todos os detalhes, mas podemos optar por confiar Nele, mesmo quando tudo parece além da nossa compreensão.

Gálatas 6:1-6

1    Irmãos, se vocês descobrirem que alguém pecou, vocês, que são espirituais, devem ajudá-los a voltar aos trilhos. Mas faça isso com espírito de mansidão e tome cuidado para que você também não seja tentado.

2    Ajudem-se mutuamente em suas dificuldades e, dessa forma, estarão obedecendo à lei de Cristo.

3    Pois se alguém pensa que é importante quando, na verdade, não é, engana-se a si mesmo.

4    Todos devem provar a si mesmos. Então ele pode se orgulhar do que ele mesmo fez, sem ter que se comparar com outras pessoas.

5    Pois cada um deve assumir sua própria responsabilidade.

6    Aquele que está aprendendo a mensagem de Deus deve compartilhar todas as coisas boas com aquele que o está ensinando.

# Oração e Jejum: Curando Doenças.

Senhor Todo-Poderoso,

Venho diante de Ti neste momento de oração e jejum, confiando esta vida preciosa sob Tuas mãos protetoras. Tu a conheces plenamente, Senhor — suas lutas, suas dores e todo o peso que carrega. Rogo que Tua mão curadora toque seu corpo enfermo, alma e espírito. Traga restauração à enfermidade, consolo à dor e vigor à fraqueza.

Senhor, Tu sabes que a dor dessa pessoa não recai apenas sobre ela, mas também sobre sua família, pois, quando um membro sofre, todos compartilham parte desse fardo. Por isso, rogo que derrames Tua paz e restauração sobre todos os entes queridos impactados.

Colocamos nossa esperança em Ti, ó Deus. Que Tua bênção repouse sobre sua vida, renovando-a completamente, de dentro para fora. Que cada célula do seu corpo seja restaurada pelo poder do Teu nome, e que toda doença seja expulsa, trazendo de volta saúde plena e vigor. Senhor Jesus, vem agir onde não podemos. Tu és o Deus do impossível, e confiamos totalmente na Tua perfeita vontade. Permanece conosco, operando milagres nesta vida. Que Tua glória se manifeste por meio desta cura. Nós Te louvamos, adoramos e confiamos em Ti de todo coração.

No poderoso nome de Jesus. Amém.

"Para o homem isso é impossível, mas para Deus todas as coisas são possíveis." – Mateus19:26

# O Deus Vivo que Nos Chama de Volta

Quando a vida nos surpreende com dores e provações, acabamos, sem perceber, nos distanciando dEle — mesmo sabendo que Ele é o único e verdadeiro Deus vivo. O inimigo aproveita esses momentos para nos desconectar gradualmente do relacionamento mais importante de nossas vidas — com Deus.

Antes que percebamos, o distanciamento se torna tão grande que retornar a Ele parece difícil. Ficamos tão absorvidos pelas distrações do mundo exterior que deixamos de enxergar que o mundo promete direção, mas não nos leva a lugar algum. Esse labirinto de ilusão esconde as profundezas da perdição, e o inimigo continua avançando, usando armas sutis como solidão, carência, traição e prazeres momentâneos.

É por isso que Deus nos adverte a permanecermos vigilantes e a manter nossos olhos fixos Nele. Quando nos deixamos levar pelas coisas deste mundo, elas podem facilmente ocupar o lugar de Deus em nossos corações e consumir o tempo que pertence a Ele.

Lucas 21:34-35

34 Cuidado para que os vossos corações não se sobrecarreguem com a dissolução e a embriaguez, ou com as preocupações desta vida, 35 e aquele dia venha sobre vocês inesperadamente como uma armadilha. Pois virá sobre todos os que vivem sobre a face da terra."

Ainda há esperança — sempre há, enquanto Deus nos chama de volta ao Seu coração. Quando ouvimos Sua voz e damos um passo em direção a Ele, nada pode nos impedir de voltar aos braços do Pai. Ele não nos rejeita nem se afasta; pelo contrário, nos envolve com amor e graça.

Lucas 15:8-10

8	Ou qual mulher, se tiver dez dracmas e perder uma delas, não acende a lâmpada, varre a casa e procura cuidadosamente até encontrá-la?

9	E, quando a encontra, reúne suas amigas e vizinhas e diz: Alegrem-se comigo, pois encontrei a minha moeda perdida.

10	Eu vos digo que, da mesma forma, há alegria na presença dos anjos de Deus por um pecador que se arrepende.

# Não Temos Muito Tempo: Jesus ou o Mundo?

Não sabemos quanto tempo nos resta. O relógio de Deus está se movendo, e o dia se aproxima em que o Filho do Homem virá em glória, e Ele separará aqueles que são Seus, Suas ovelhas — daqueles que não pertencem a Ele, os cabritos. Ele nos dá agora uma chance de arrependimento e preparação para o retorno de Jesus, um tempo de graça para voltarmos ao primeiro amor. Mas chegará o momento em que a porta se fechará. Quando o arrebatamento ocorrer, não haverá segunda chance para fazer parte dele. O que estiver decidido estará selado.

Por isso, não brinque com a sua salvação.

Busque o Senhor enquanto ainda há tempo, pois o dia do Senhor virá como um relâmpago — repentino, incontestável e glorioso. Felizes serão aqueles que forem encontrados prontos, com as lâmpadas acesas e o coração puro diante de Deus.

1 João 5:12

12 Quem tem o Filho tem a vida; quem não tem o Filho de Deus não tem vida.

A salvação é uma jornada pessoal, que muitas vezes leva tempo e perseverança. Deus trabalha em nós e através de nós para nos aproximar Dele.

Seguir Jesus não é fácil. Exige sacrifício, compromisso e paciência. Mas, se permanecermos firmes, o processo compensa: as recompensas são grandes e eternas.

Seguir Jesus também nos conduz a uma compreensão mais profunda da vontade e do propósito de Deus para nossas vidas, trazendo contentamento, alegria e paz.

Quando cultivamos um relacionamento pessoal com Deus, Ele nos fortalece e nos dá uma certeza inabalável do caminho certo, abrindo nossos olhos para a verdade. Permaneça forte até o fim, e você verá a glória de Deus e estará em Sua presença para sempre.

Mateus: 25:31-32

31       "Quando o Filho do Homem vier em Sua glória com todos os anjos, Ele se assentará em Seu trono em glória celestial."

32       "Todas as nações serão reunidas diante dele, e ele as separará como o pastor separa as ovelhas dos cabritos."

Jesus é o caminho para a eternidade, para a vida eterna no Paraíso.

O mundo carnal é o seu oposto: oferece prazeres temporários, mas leva à perdição, ao cativeiro e à morte. Uma vida entregue apenas ao mundo é uma vida sem a presença de Jesus. Pergunte a si mesmo: é isso que você realmente deseja?

Viver para o mundo não vale a pena — isso seria um erro. O mundo não pode salvar sua alma, mas Deus pode. Ele é o único caminho para a verdade e para a vida eterna.

# Salmos 121 (Escudo de Proteção)

Começar o dia meditando e aplicando o Salmo 121 em nossas vidas é como vestir uma armadura de proteção divina. Isso nos lembra que Deus está sempre ao nosso lado, nos amparando e nos confortando, independentemente do que o dia ou a vida nos traga. Nosso verdadeiro guia é Deus, que nos conduz pelo caminho justo, mesmo nos momentos difíceis. A ajuda vem somente Dele, Criador do céu, da terra e de tudo o que neles há.

Todas as manhãs, ao despertar para a luz fresca de um novo dia, Deus nos dá a oportunidade de recomeçar. Assim como as ondas do mar lavam a areia, apagando todas as pegadas do passado e deixando-a pronta para o dia seguinte, Deus limpa nossas falhas e prepara um novo caminho para nós. O amanhecer não representa apenas um novo dia — é também a promessa de um novo alinhamento com Ele.

O Salmo 121 nos lembra da garantia de Deus:

"Você não está sozinho. Estou com você a cada segundo de sua vida."

Não importa onde estejamos ou o que estejamos enfrentando, Deus está conosco. Ele nos protege a cada passo, seja nos momentos de ascensão ou nas quedas da vida. Mesmo nos momentos de dúvidas e insegurança, Sua presença nunca nos abandona.

Este salmo nos dá esperança, força e uma luz que nos guia. Que jamais esqueçamos Sua presença constante e Seu cuidado inabalável.

Salmos 121:1-2

1 Levantarei os meus olhos para os montes, de onde vem o meu socorro? 2 O meu socorro vem do Senhor, que fez o céu e a terra.

Deus não é um observador distante; Ele é nossa ajuda constante, sempre presente. Aquele que criou as estrelas, a lua, o sol e toda a beleza do mundo é o mesmo Deus que cuida de nós com amor e fidelidade.

Lembre-se de como Ele guiou os israelitas pelo deserto com Moisés por 40 anos: uma coluna de nuvem durante o dia e uma coluna de fogo à noite — Ele nunca os deixou sem direção. E hoje, Deus mantém a mesma promessa. Quer nossos problemas sejam claros como o dia ou escondidos nas sombras da noite, Ele continuará nos guiando e protegendo.

Não confiamos em nossas habilidades limitadas, mas no poder e na sabedoria ilimitados de Deus. Isso nos lembra que, não importa quão alta seja a nossa montanha, o Deus Criador que nos ajuda é infinitamente poderoso e soberano sobre tudo.

Salmos 121:3

3 Ele não permitirá que seu pé escorregue. Aquele que cuida de você não dormirá.

Todos os dias trazem incertezas e desafios inesperados. Muitas vezes, essas provações surgem de repente, abalando nossa confiança e nos deixando inseguros. Mas esse medo e confusão são apenas passageiros — o desafio que não vemos chegando é precisamente o que nos confunde.

Ele fez uma promessa poderosa: não permitirá que nossos pés vacilem ou se desviem do caminho.

Lembra-se da história de Pedro andando sobre as águas? Enquanto manteve os olhos em Jesus, realizou o impossível: caminhou sobre as águas. Mas, quando desviou o olhar e se concentrou na tempestade, perdeu o equilíbrio. Mesmo assim, Jesus não o abandonou — estendeu a mão e o resgatou.

Assim é conosco hoje: não importa quanta dúvida, medo e incerteza nos atinjam, Jesus nunca desistirá de nós. Ele nos sustenta, nos protege e nos salva, conduzindo-nos com segurança sobre as águas turbulentas da vida.

Deus nunca descansa quando nos guarda. Ele não é como nós, que precisamos dormir e descansar; Sua vigilância é constante. Imagine um guardião que nunca pisca, nunca se cansa, nunca se afasta e nunca dorme. Esse é o nosso Deus. Ele está sempre atento, velando por nós a cada instante, assegurando nossa proteção.

E Seu cuidado não se limita a nós individualmente; Ele se estende além dos indivíduos. Abrange as famílias, as comunidades em que vivemos, as nações e todas as gerações — passadas, presentes e futuras. Nada escapa à atenção amorosa do Criador.

Salmos 121:4-5

4       Eis que o guardião de Israel não cochila nem dormirá.

5       O Senhor é o vosso guardião; o Senhor é a sua sombra à sua direita.

Este salmo não fala apenas de proteção física; ele revela algo muito mais profundo: a promessa de Deus de cuidar de todo o nosso ser  —  da nossa essência, do nosso coração e da nossa vida.

Isso significa que, mesmo em meio às dificuldades e provações, podemos descansar na certeza de quem é o nosso Deus e na fidelidade de Suas promessas. Ele nos sustenta e nos guarda.

Salmo 121 - Canção de peregrinação.

1      Levanto os olhos para as montanhas e pergunto:

De onde vem minha ajuda?

2      O meu socorro vem do Senhor,

Quem fez o céu e a terra?

3      Ele não permitirá que você tropece;

Seu protetor ficará alerta,

4      Sim, o protetor de Israel não dormirá;

Ele está sempre alerta!

5      O Senhor é o seu protetor;

Como uma sombra, Ele te protege; Ele está à sua direita.

6      O sol não o atingirá de dia;

nem a lua à noite.

7      O Senhor o protegerá de todo mal,

Ele protegerá sua vida.

8      O Senhor protegerá a sua saída e a sua entrada,

de agora em diante e para sempre.

# Oração: A Fidelidade de Deus para Conosco

Pai Celestial e Rei Eterno, Criador do céu e da terra, Rei dos reis e Senhor dos senhores. Tu és o Deus de Abraão, Isaque e Jacó. Tu és o nosso Deus.

Tua grandeza é infinita, e Tua fidelidade não conhece limites. Agradeço-Te, Senhor, por Tua graça, misericórdia e amor sem fim.

Obrigado por renovar a Tua misericórdia a cada manhã, lembrando-nos do Teu amor eterno. Hoje reivindico as promessas do Salmo 121 sobre nossa família, hoje e sempre. Declaro que caminharemos com confiança, sabendo que Tu guardas cada passo nosso e vigias cada caminho que trilhamos.

Senhor, reconhecemos que és nossa ajuda constante, nosso guardião presente em todos os momentos de dificuldade. Agradeço-Te, Pai, por seres nosso escudo e broquel, cuidando de nós dia e noite, protegendo nossa entrada e saída.

Obrigado por Tua sombra divina, que nos cobre e nos revela tanto o visível quanto o invisível.

Em nome de Jesus, repreendo todo desafio, toda força negativa e todos os obstáculos que nossa família enfrenta, sabendo que Tu és maior do que qualquer problema.

Amém.

Declaro vitória sobre nossas vidas, sobre nosso lar e sobre nosso futuro, em nome de Jesus Cristo, nosso Salvador.

Senhor, agradeço-Te por transformar todas as coisas negativas em bem para aqueles que Te amam e Te servem, no poderoso nome de Jesus.

Rejeito todo plano do inimigo destinado a nos impedir de trilhar o caminho que o Senhor estabeleceu para nós.

Repreendo qualquer espírito de medo, dúvida, ansiedade ou confusão que tente criar raízes em nosso coração. Pois Tu não nos deste um espírito de temor, mas o poder do amor e uma mente sã.

Pai, eu levanto meus entes queridos diante de Ti. Que possamos nos aproximar de Ti e experimentar Seu verdadeiro amor e graça. Semeia a Tua misericórdia em nossos corações e guia nossos passos.

Oro para que todos os fardos sejam retirados da vida de nossa família. Conforte-os com o Seu Espírito Santo e conceda-lhes descanso e paz no Senhor.

Amém, Jesus.

Gênesis 50:20

20 Planejaste o mal contra mim, mas Deus o transformou em bem, para que hoje a vida de muitos seja preservada.

# Deus Existe Sozinho

Nunca devemos permitir que nossas emoções definam quem Deus é — ou não é. Ele existe independentemente dos nossos sentimentos. Deus é constante, eterno e imutável.

Quando compreendemos melhor Sua natureza e caráter, perceberemos que Ele está sempre conosco. Seu amor nos mantém firmes: mesmo quando não sentimos Sua presença ou não vemos sinais, Ele segura nossa mão e nunca nos deixa cair. Tudo o que precisamos fazer é clamar a Ele de todo o coração.

Como filhos de Deus, somos chamados a ser fortes, permitindo que nossa fé guie nossas vidas, e não nossas emoções. Quando aprendemos a confiar Nele, adquirimos controle sobre nossos sentimentos e encontramos paz mesmo nos momentos de turbulência.

A vida nos apresenta uma dança de emoções: alegria que nos eleva, tristeza que nos desafia, paz que nos acalma e ansiedade que nos inquieta. Às vezes, elas parecem nos dominar e nos tirar o equilíbrio, mas há um lugar de refúgio seguro: Deus.

Somente Ele pode nos ensinar a domar o turbilhão de sentimentos que habita em nós. Quando abrimos nosso coração e pedimos Sua ajuda, Ele nos guia a entregar cada emoção à fé, mostrando-nos como caminhar em confiança.

E nesse lugar de entrega descobrimos a verdadeira serenidade — uma paz que não depende das circunstâncias, mas da presença constante de Deus em nossas vidas.

Isaías 45:5-6 diz:

"Eu, e só eu, sou o Senhor; não há outro Deus"

# Medo e Fé Não Podem Ocupar o Mesmo Espaço. Um Paralisa o Outro

A fé sempre tem a vantagem sobre o medo.

Muitas vezes, permitimos que o medo, as emoções negativas e os pensamentos ruins assumam o controle de nossas vidas, levando-nos ao desespero, à insegurança e à dúvida. Quando damos lugar a essas emoções, abrimos a porta para a obra do inimigo, permitindo que ele encontre terreno fértil em nosso coração.

Mas, se aprendermos a cultivar e usar nossa fé em todas as situações — especialmente nos tempos de tribulação que parecem fora de nosso controle — experimentaremos a verdadeira paz que vem de Deus. Isso significa agir a partir do espírito e não da carne.

Quando nossa fé governa sobre o medo e as emoções humanas, ela nos traz a confiança de que Deus nos segura firmemente em Suas mãos. A paz divina nos alcançará mesmo em meio à tribulação. Somente com Deus isso é possível, porque Ele jamais nos abandonará. Ele salvará e protegerá nosso lar e cada um de nós, sustentando-nos com Seu amor e poder.

Atos 16:31-34

31      Eles responderam: Creia no Senhor Jesus, e você e sua casa serão salvos.

32      Então eles pregaram a palavra de Deus a ele e a toda a sua casa.

33      Àquela hora da noite, o carcereiro lavou suas feridas, depois ele e toda a sua família foram batizados.

34      Então ele os levou para sua casa, serviu-lhes uma refeição e, com toda a sua família, alegrou-se muito por eles terem acreditado em Deus.

Filipenses 4:4, 6-7

4- Alegrai-vos sempre no Senhor; outra vez digo: alegrai-vos.

6- Não andeis ansiosos por coisa alguma, mas em tudo, porém, sejam conhecidas, diante de Deus, as vossas petições, pela oração e pela súplica, com ação de graças.

7- E a paz de Deus, que excede todo o entendimento, guardará os vossos corações e os vossos pensamentos em Cristo Jesus.

Quando permitimos que nossas emoções controlem nossas vidas, tudo se torna caótico. Mas quando aprendemos a colocar a fé acima de tudo e permitimos que ela nos guie, encontramos equilíbrio, sabedoria e paz — e, assim, conseguimos também ser instrumentos de Deus para ajudar quem precisa. A vida fluirá com mais paz, equilíbrio e serenidade.

Os sentimentos e emoções fazem parte da nossa humanidade e podem enriquecer a vida quando usados corretamente. No entanto, eles não devem ditar nossas ações. Se vivermos guiados por emoções, seremos dominados pelo que é visível neste mundo, e não pelo Espírito Santo que habita em nós.

Deus não nos responde de acordo com nossas emoções ou sentimentos, mas de acordo com Sua Palavra, que é imutável e fiel. Ele já demonstrou, incontáveis vezes, que honra Sua Palavra.

A intervenção divina não é movida por nossas emoções, mas ativada por nossa fé.

Lembre-se do que Jesus disse em João 11:40

Então Jesus disse: "Não vos disse eu que, se creres, verás a glória de Deus?"

Nem sempre é fácil manter a alegria, especialmente quando você está passando por tribulações. No entanto, devemos lembrar que cada prova carrega um propósito: nos aproximar de Deus. São nesses momentos que Ele nos ensina a confiar mais, amadurecer espiritualmente e depender inteiramente d'Ele.

Por isso, escolha responder com fé, e não com emoção. Faça da fé o seu guia, e não dos sentimentos. Foque em Deus, e não no problema — pois Deus é infinitamente maior do que qualquer adversidade. Muitas vezes, Ele permite certas provações para nos moldar, nos purificar e nos ensinar humildade, preparando-nos para viver em maior comunhão com Ele.

Deus quer que aprendamos, com Sua ajuda, a dominar nossas emoções. Por meio de Suas palavras e do Espírito Santo, Ele nos conduz à maturidade e ao crescimento da fé.

Jesus compreendeu perfeitamente tudo o que vivemos; sentiu fome, dor, medo e profunda humilhação. Mesmo sendo puro e sem pecado, foi tratado pior do que um criminoso: cuspido, espancado, coroado de espinhos, humilhado, Sua barba arrancada e chicoteado até a morte. Pior de tudo, Jesus foi rejeitado, maltratado e crucificado pelas próprias pessoas que Ele criou — por aqueles a quem veio salvar.

No entanto, em meio a tudo isso, Ele viveu pela fé, sabendo que o sofrimento não seria o fim. Jesus suportou tudo com obediência ao Pai, certo de que, após cumprir Sua missão, voltaria para os braços do Pai.

Ele sofreu por mim, por você, por todos os que já viveram e por todos que ainda nascerão. Entregou-Se voluntariamente como sacrifício vivo, para que cada um de nós tivesse a oportunidade e a escolha de receber a vida eterna. Por amor, Ele suportou a cruz — para que, por meio d'Ele, pudéssemos ser reconciliados com o Pai e viver para sempre em Sua presença.

Isaías 50:6

> Eu ofereci minhas costas
>
> para aqueles que me batem,
>
> meu rosto para aqueles
>
> que arrancou minha barba;
>
> Eu não escondi meu rosto da zombaria
>
> e cuspir.

Nossa salvação vem pela fé, não pelas emoções.

Deus nunca disse, em Sua Palavra, que precisamos entender tudo o que acontece em nossas vidas ou no mundo. Mas Ele nos disse que, mesmo quando não compreendemos, devemos permanecer firmes em fé e confiança Nele.

Muitas vezes tentamos esconder nossos sentimentos, mas eles permanecem armazenados no fundo do coração, prontos para emergir no momento da fraqueza. Basta um pensamento ou uma lembrança para afetar e abalar nossa fé e nos fazer duvidar.

Há situações — como problemas de saúde, um conflito familiar ou uma decisão difícil — em que parece não haver saída. Quando a esperança parece distante e a luz no fundo do túnel se apaga, é nesse instante que o medo, a insegurança e as perguntas começam a surgir: "Deus, o Senhor vê o que está acontecendo na minha vida? Conhece a dor em minha alma?"

Nossas emoções são desencadeadas no momento em que enfrentamos situações positivas ou negativas. É por isso que o apóstolo Paulo nos lembra:

2 Coríntios 5:7

7 Pois vivemos pela fé, não pelo que vemos.

Quando tudo está indo bem e a vida avança conforme nossos planos, é fácil reconhecer a grandeza de Deus, sentir Sua presença caminhando ao nosso lado e perceber Suas bênçãos. Nesses momentos, somos tomados por confiança, paz e segurança.

Mas quando enfrentamos a situação oposta e a vida não segue como planejamos, sentimentos de medo, tristeza e perda podem se infiltrar silenciosamente em nosso coração. Começamos a pensar que Deus está distante, alheio à nossa dor. Nesses momentos, a depressão e a angústia podem nos dominar. Muitos acabam vacilando na fé nessas situações, permitindo que as emoções assumam o controle e obscureçam a verdade espiritual. O lado carnal começa a governar, enfraquecendo a fé que deveria nos sustentar e guiar.

Hebreus 11:1–3

1      Ora, a fé é o fundamento do que esperamos e a prova do que não vemos.

2      Pois por meio dela os anciãos receberam um bom testemunho.

3    Pela fé entendemos que o universo foi criado pela palavra
     de Deus, de modo que o que se vê não foi feito do que é
     visível.

# Como Você Encará os Segredos Sombrios da Sua Vida, os "Esqueletos" que Ninguém Mais Vê?

Todos nós carregamos alguns esqueletos escondidos — partes de nossas vidas que preferimos não enfrentar. São os cantos escuros do passado ou do presente, onde o pecado se enraizou, frutos das tentações da carne, nascidos da influência do inimigo. Evitar esses esqueletos pode parecer conveniente, mas, na verdade, apenas os fortalece.

Alguns podem ter menos do que outros, mas ninguém está livre desses fardos ocultos, mesmo que negue sua existência. Esses segredos podem incluir desejos pecaminosos, vícios encobertos ou comportamentos dos quais nos sentimos impotentes para resistir. Muitos escondem seus erros — luxúria, desonestidade, inveja, pornografia, linguagem obscena, abuso de álcool ou relacionamentos secretos — por trás de uma máscara. Alguns pecados parecem maiores, mas todos pesam sobre a alma quando não são confrontados.

Mais cedo ou mais tarde, teremos que enfrentá-los. Se não o fizermos, essas lutas ocultas podem, um dia, ser expostas, e o mundo verá quem realmente somos quando ninguém estiver olhando.

Na maioria das vezes, esses segredos são conhecidos apenas por nós — e por Deus. Nada está escondido Dele; nada escapa à Sua vista. Ele conhece nosso coração, nossos pensamentos e os desejos que nos puxam para o pecado, mesmo quando nossa consciência nos diz que algo está errado. Ele vê cada luta, cada tentação e cada decisão. Podemos sentir gratificação por um momento, mas, depois, a alma chora. O pecado nos distancia de Deus.

No entanto, há esperança em Deus e em Sua misericórdia. O arrependimento não é fácil — se fosse, ninguém esconderia seus esqueletos. Não podemos vencer o pecado por nossas próprias forças; precisamos da ajuda divina. Devemos entregar tudo a Deus, pedindo que purifique nossas mentes, renove nossas almas e nos conceda corações limpos. Somente ao convidá-Lo para nossas fraquezas podemos encontrar verdadeira força e liberdade.

Deus é capaz de quebrar as correntes que nos prendem e purificar nosso coração — desde que nos acheguemos a Ele com arrependimento genuíno e um sincero desejo de mudança.

Mas também devemos guardar nossos corações e permanecer vigilantes, para não cairmos novamente nos mesmos pecados, como um cachorro que volta ao próprio vômito (Provérbios 26:11). Somos chamados a ser firmes em nossa determinação, e nos é prometido que essa firmeza trará recompensas eternas.

A Palavra é clara: os pecadores não herdarão o Reino de Deus.

Apocalipse 21:27

"Nada impuro jamais entrará [no céu]"

A Bíblia também declara a misericórdia de Deus — que todos os pecadores, ao se voltarem sinceramente para Ele, podem experimentar perdão e renovação.

Apocalipse 22:14-15

14    Bem-aventurados os que lavam as suas vestes, para que tenham direito à árvore da vida e possam passar pelas portas da cidade.

15      Do lado de fora estão os cães, os que praticam artes
mágicas, os imorais, os assassinos, os idólatras e todos os
que amam e praticam a falsidade.

# Batalha Mental e Espiritual

Você já ouviu falar da batalha mental e espiritual? Quer percebamos ou não, todos nós enfrentamos essa luta diariamente. É um combate silencioso, travado não apenas em nossas mentes, mas também em nossas almas. Vivemos em um mundo espiritual, onde muitas realidades profundas estão ocultas aos nossos olhos — e essa batalha é uma delas. É uma guerra entre as forças celestiais de Deus e os anjos caídos sob o comando de Satanás.

O inimigo conhece o imenso amor de Deus por Sua criação e sabe o quanto o Senhor deseja nos libertar do engano deste mundo. Por isso, Satanás tenta ferir o coração de Deus, atingindo aquilo que Ele mais ama: nós. Ele faz isso por meio de mentiras, ilusões, engano e destruição, buscando nos afastar da verdade e da vida.

O próprio Jesus declarou em João 14:30

"Não direi muito mais a vocês, pois o príncipe deste mundo está chegando. Ele não tem controle sobre mim."

Sim, Jesus chamou Satanás de príncipe deste mundo e nos advertiu sobre a influência dele neste mundo caído. Nosso Salvador também alertou que o inimigo usa o poder que possui contra a humanidade — para roubar, matar e destruir.

João 10:10 - O ladrão vem somente para roubar, matar e destruir; eu vim para que tenham vida e a tenham em abundância.

Drogas, imoralidades, abuso de álcool e apego excessivo aos prazeres deste mundo — sem qualquer preocupação com o bem-estar da alma — são apenas algumas das ferramentas que o inimigo usa para nos aprisionar.

Muitos acreditam que esta vida é tudo o que existe, que, ao morrer, tudo termina. Mas isso é uma mentira. O inimigo oferece poder, prazer e uma falsa sensação de segurança para seduzir corações e afastá-los de Deus. Alguns fazem essa escolha conscientemente, preferindo o que é temporário em vez do eterno. Outros simplesmente rejeitam a verdade da vida em Cristo. Independentemente do motivo, o preço é o mesmo — e, a menos que se arrependam e se voltem para Deus, esse preço será a própria alma.

Mas há esperança. Deus ama você profundamente. Ele deseja resgatá-lo, restaurar sua vida e conceder-lhe a eternidade ao Seu lado. A escolha está em suas mãos: abrir o coração para o Senhor e viver em Sua presença ou permanecer distante d'Ele.

Satanás fará de tudo para cegá-lo à verdade. Ele sabe que jamais poderá retornar ao céu ou desfrutar novamente da presença de Deus; por isso, sua missão é desviar o maior número possível de almas, afastando-as do amor e da salvação do Senhor.

O inimigo não é como Deus — ele não honra seu livre-arbítrio. Basta uma brecha, uma pequena abertura, para que ele encontre espaço e entre em sua vida. No mundo de hoje, essas brechas estão por toda parte. Com um simples clique, a tentação invade a palma da sua mão — e, com ela, o inimigo busca acesso à sua mente e ao seu coração.

O que antes era claramente errado agora é amplamente aceito; o que um dia foi considerado tabu, hoje é celebrado. As fronteiras entre o certo e o errado se tornam nebulosas — e o inimigo se alegra quando a humanidade esquece onde termina a verdade e começa o engano.

No entanto, em meio a tudo isso, Deus ainda fala. Ele ainda luta por sua alma. Mesmo quando o mundo se cala diante da verdade, o Senhor continua chamando pelo nome, mostrando que o caminho largo do pecado e do prazer carnal conduz para longe d'Ele — direto à perdição. Mas, com amor e paciência, Ele também nos aponta para o caminho estreito — o único que conduz à vida eterna. Dia após dia, Deus continua a revelar o caminho da justiça e da verdade àqueles que desejam ouvi-Lo.

Você provavelmente já ouviu falar de Jesus. Talvez até conheça Suas palavras:

"Eu sou o caminho, a verdade e a vida. Ninguém vem ao Pai senão por mim" (João 14:6).

Se você já ouviu essa verdade, pergunte a si mesmo: O que tenho feito com ela?

A sua vida e o seu tempo são incertos. Não sabemos quantos dias ainda nos restam nesta terra passageira.

Estas são as palavras de Deus.

Como diz o Salmo 39:5

5 Você fez dos meus dias um mero palmo; o período dos meus anos não é nada diante de você. Todos são apenas um sopro, mesmo aqueles que parecem seguros.

O Salmo 144:4 ecoa isso:

4 O homem é como um sopro; seus dias são como uma sombra passageira.

E Tiago 4:14 nos lembra:

14 Você nem sabe o que vai acontecer amanhã. Qual é a sua vida? Você é uma névoa que aparece por um pouco de tempo e depois desaparece.

A verdade é que não sabemos o que o futuro nos reserva. O amanhã pertence a Deus, e Ele governa todos os tempos. Nossas vidas estão em suas mãos, e todos os nossos planos devem se submeter à Sua perfeita vontade.

Hoje é o dia da decisão. Escolha a verdade. Escolha a vida. Escolha Jesus

# O Que Devemos Priorizar em Nossas Vidas?

No mundo de hoje, desfrutamos de mais conveniência do que nunca, todas projetadas para economizar tempo. E, ainda assim, nos encontramos constantemente correndo, ocupados do amanhecer ao anoitecer, saltando de uma tarefa para outra... e, ainda assim, sentimos que não chegamos a lugar nenhum.

Você já se perguntou: *Onde está meu tempo com Deus?*

Passar momentos em oração e servir ao **propósito** do Senhor é essencial. Devemos reservar tempo para construir um relacionamento profundo com nosso Criador, em vez de gastar cada minuto perseguindo prazeres e preocupações terrenas. Mas será que realmente conseguimos fazer isso? Ou estamos tão consumidos pelas distrações da vida pessoal, dos negócios e da família que não encontramos um momento sequer para respirar e estar na presença de Deus?

Tudo pelo que trabalhamos — nosso corpo, prazeres da carne, nossos negócios — permanecerá para trás. Nenhuma dessas conquistas trará benefícios eternos. Somente quando entregamos nosso coração e nossa vida a Deus e buscamos diariamente Sua presença encontraremos a verdadeira alegria e satisfação da alma. A forma como vivemos hoje determina nosso destino eterno. Por isso, devemos investir não apenas no que é passageiro, mas, acima de tudo, no que é eterno — aquilo que tem valor diante de Deus. Que o Senhor nos ensine a priorizar o que realmente importa e a viver cada dia com os olhos voltados para o céu.

Muitos de nós seguimos esperando o dia certo para dedicar tempo a Deus — aquele momento ideal que nunca chega. Mas, enquanto adiamos, esquecemos que há duas realidades que podem acontecer a qualquer instante, roubando-nos a oportunidade de construir esse relacionamento com o Criador: a morte e o arrebatamento.

A morte pode vir de forma inesperada, sem aviso, deixando-nos sem tempo para consertar nossos caminhos.

O arrebatamento — o glorioso retorno de Cristo — será motivo de júbilo apenas para aqueles que já caminham com Ele, vivendo Sua presença aqui e agora.

Por isso, precisamos estar prontos. O amanhã não nos pertence, mas o hoje é o presente que Deus nos dá para buscá-Lo com sinceridade. Que, quando chegar a hora, possamos estar em paz, alegres diante do nosso Salvador, ouvindo Suas palavras: *"Bem está, servo fiel."*

Mateus 24:36-39

36 Quanto ao dia e à hora, ninguém sabe, nem os anjos do céu, nem o Filho, mas somente o Pai.

37 Como foi nos dias de Noé, assim será na vinda do Filho do Homem.

38 Pois nos dias anteriores ao Dilúvio, o povo comia e bebia, casava e dava em casamento, até o dia em que Noé entrou na arca;

39 e eles não sabiam nada até que o Dilúvio veio e os levou a todos. Assim será na vinda do Filho do Homem.

Aprendemos com esses versículos que devemos examinar constantemente nossos corações e nos perguntar: *Estou realmente pronto para encontrar Jesus?*

O tempo de se voltar para Deus é agora, enquanto ainda há fôlego em nossos pulmões e graça disponível para o arrependimento.

Não adie essa decisão — o amanhã não é garantido. A hora de se voltar para Deus é agora.

# Se Jesus Voltasse Hoje, Você Estaria Preparado?

Quando entregamos nossa vida a Jesus, recebemos a promessa de salvação eterna. No instante em que nossos olhos se fecharem para este mundo, eles se abrirão diante da Glória do Salvador. Seremos recebidos por Aquele que nos amou primeiro, que entregou Sua própria vida para que pudéssemos viver com Ele para sempre — em perfeita paz, alegria e luz.

Romanos 10:13

"Pois todo aquele que invocar o nome do Senhor será salvo."

João 3:16

"Porque Deus amou o mundo de tal maneira que deu o seu Filho unigênito, para que todo aquele que nele crê não pereça, mas tenha a vida eterna."

Esta é a promessa de Deus. Se você anda com Jesus, não há motivos para temer Sua volta — pelo contrário, há razão para se alegrar e se preparar com esperança. O que realmente importa não é quando ou como Ele retornará, mas como você tem vivido o tempo que Ele lhe deu. Você tem usado seus dias para se aproximar de Deus e cumprir o propósito que Ele colocou em sua vida?

Reflita com sinceridade:

Há algo de que você se arrependeria se seu tempo na Terra terminasse hoje?

Existe alguém que você precise perdoar?

Há algum pecado que ainda precisa ser deixado aos pés da cruz?

E quanto ao chamado de Deus que você tem adiado, esperando um momento melhor?

Não espere mais. Cumpra o que Deus colocou em seu coração antes que seja tarde demais.

A hora de agir é agora.

1 Tessalonicenses 5:15

"Certifique-se de que ninguém pague errado por errado, mas sempre seja gentil uns com os outros e com todos."

A vida na Terra é breve, tão fugaz como um sopro. Num instante, somos jovens; no próximo, nos vemos refletidos no espelho, perguntando a nós mesmos para onde foram os anos. Uma verdade permanece, atravessando alegria e dor, quedas e recomeços: a morte chega para todos, e ninguém sabe quem será chamado em seguida. É como se estivéssemos em uma fila, aguardando que nosso nome seja pronunciado — só Deus conhece o momento exato.

Portanto, a pergunta é inevitável e urgente: *você está pronto?*

# Invista na Sua Salvação

Embora Deus valorize o trabalho árduo e queira que sejamos diligentes em tudo o que fazemos, Ele também nos lembra que nada deve ocupar o primeiro lugar em nossas vidas além d'Ele. Sucesso, riqueza e realizações não são pecados, mas jamais devem substituir Deus como o fundamento de nossa existência.

Jesus disse claramente:

Mateus 6:33

"Buscai primeiro o reino de Deus e a sua justiça, e todas estas coisas vos serão acrescentadas."

Em outras palavras, toda a nossa vida – nossos objetivos, e sonhos e conquistas – deve ser construída sobre o alicerce de honrar e obedecer a Deus.

2 Tessalonicenses 3:10

"Pois, mesmo quando estávamos convosco, demos-vos esta regra: Quem não quiser trabalhar não comerá."

Deus quer que sejamos responsáveis e trabalhadores, mas também quer que jamais percamos de vista a eternidade. Tudo neste mundo — casas, carros, promoções e riquezas — é passageiro. O único investimento que permanecerá para sempre é o investimento pela sua salvação.

Mateus 16:26

*"Que adianta alguém ganhar o mundo inteiro e perder a sua alma? Ou o que alguém pode dar em troca de sua alma?"*

É da natureza humana ansiar por significado, pois fomos criados com um propósito firmemente conectado à nossa essência. Esse anseio nos impulsiona a seguir em frente, mesmo quando não compreendemos totalmente o que estamos procurando.

Muitos perseguem as coisas erradas, acreditando que sucesso, prazer ou conquistas materiais poderão preencher a dor ou o vazio interior. Mas a verdadeira realização só vem quando percebemos que Deus é a fonte de tudo o que buscamos. Quando entendemos que esse profundo anseio vem d'Ele — que Ele existe e que Sua Palavra tem o poder de nos preencher — é então que começamos a buscá-Lo verdadeiramente, de coração aberto.

Ao priorizarmos a Palavra de Deus e cultivarmos nosso relacionamento com Ele, nosso bem-estar espiritual e crescimento pessoal são nutridos através da oração, da reflexão sobre as Escrituras e de uma conexão mais profunda com Ele. Isso nos conduz a uma vida mais plena, rica de propósito e de significado verdadeiro.

A busca por sentido está profundamente ligada à nutrição da nossa alma. Reserve tempo para se conectar com Deus, para nutrir seu espírito, sua alma e descobrir a vida abundante que Ele oferece.

Mateus 11:28-30

28 Vinde a mim, todos os que estais cansados e sobrecarregados, e eu vos aliviarei.

29 Tomai sobre vós o meu jugo e aprendei de mim, porque sou manso e humilde de coração, e encontrareis descanso para as vossas almas.

30 Pois o meu jugo é suave e o meu fardo é leve.

# Quando o Tempo Termina, a Eternidade Começa

Muitas pessoas passam a vida se preparando para o sucesso, conforto ou segurança, mas esquecem-se de se preparar para o que é absolutamente certo: a morte. E, quando falo de *"morte"*, não me refiro apenas ao fim da vida física, mas à preparação da alma — afinal, quem pode dizer que o dia de prestar contas não virá sem aviso? Quantas pessoas saem de casa a cada dia e nunca mais retornam — sem aviso, sem despedida, sem volta? Pense nisso!

Este é um tema desconfortável, mas não podemos evitar a morte simplesmente evitando falar sobre ela. Embora nossa partida deste mundo seja inevitável, por que investimos tanto tempo e energia perseguindo sucesso e tão pouco nos preparando para estar diante de Jesus? Certamente, a alma deve ter precedência em tudo o que investimos, porque ela viverá para sempre. Se a alma sobrevive ao corpo carnal, não deveríamos investir mais nela do que em riquezas e prazeres passageiros?

Pode parecer irracional para alguns, mas a verdadeira razão pela qual as pessoas negligenciam sua vida eterna é simples: estamos profundamente enraizados neste mundo físico e presos às distrações. Essas distrações nos cegam, afastam-nos da salvação e nos expõem ao castigo eterno.

Mas há esperança! Contra esse destino, Deus nos oferece uma promessa inabalável: vida eterna a todos que crêem Nele. Ele nos garante que a morte não é o fim. A morte e o castigo eterno existem por causa do pecado, mas Deus abriu um caminho para vivermos para sempre com Ele. Ele enviou Jesus para sofrer o castigo em nosso lugar, para que pudéssemos experimentar perdão, reconciliação e a certeza de uma eternidade ao Seu lado.

1 João 5:11-13

11 Deus nos deu a vida eterna, e essa vida está em Seu Filho. 12 Quem tem o Filho tem a vida; quem não tem o Filho de Deus não tem a vida. 13 Estas coisas vos escrevi a vós que credes no nome do Filho de Deus, para que saibais que tendes a vida eterna.

A salvação é possível somente pela fé em Jesus Cristo. A doutrina de Cristo nos ensina que recebemos a salvação pela graça e misericórdia de Deus, fundamentada nos méritos de Jesus Cristo, e não por nossos próprios esforços ou obras.

Romanos 6:23

23 Porque o salário do pecado é a morte, mas o dom gratuito de Deus é a vida eterna em Cristo Jesus, nosso Senhor.

Nosso futuro eterno é garantido — não por nossas obras, mas pela Sua graça.

# Sua Oração Tem Poder

Saiba disso: sua oração tem poder. Cada instante que passamos na presença de Deus fortalece a certeza de que Ele está conosco. Construímos nosso relacionamento com Ele por meio da oração, do jejum e, simplesmente, conversando com Ele de coração sincero. Mesmo quando não vemos Sua mão agir, podemos ter confiança de que Ele está sempre trabalhando. Ele não falha. Ele cumpre Seus planos no tempo certo — porque sabe o que é melhor e quando é o momento certo para nós.

Confie Nele. Coloque tudo em Seu altar. Dependa Dele mesmo nos momentos difíceis, mesmo quando a esperança parecer distante. Peça que Ele fortaleça sua fé, console sua alma e renove a vida em seu coração cansado.

Quando a tristeza, a insegurança ou o desespero tentarem dominar seu coração, ore ainda mais. Não desista. Não pare de buscar a presença de Deus.

Dirija-se a Ele com fé e confiança: *"Senhor, por favor, ajude-me nesta situação. Fortaleça minha confiança em Ti. Realize o que é impossível para o homem. Abra uma porta onde parece não haver nenhuma."*

Cada oração, cada lágrima, cada sussurro de fé — tudo importa. Deus ouve, Deus age em seu favor e honra aqueles que O buscam com todo o coração.

Salmos 20:7–8

7 Alguns confiam em carros e outros em cavalos, mas nós confiamos no nome do Senhor nosso Deus.

8 Eles são colocados de joelhos e caem, mas nós nos levantamos e permanecemos firmes.

Provérbios 3:5–7

5 Confie no Senhor de todo o seu coração e não se apóie em seu próprio entendimento;

6 Submeta-se a Ele em todos os seus caminhos, e Ele endireitará as suas veredas.

7 Não seja sábio aos seus próprios olhos; temei ao Senhor e evitai o mal.

Coloque toda a sua confiança em Deus, não nas circunstâncias, nem em seu próprio entendimento. Deus é fiel e sempre cumprirá Suas promessas. Ele abrirá caminhos onde você não vê saída. Continue confiando. Continue caminhando. Ele está ao seu lado e não o abandonará.

# Sentimentos do Passado e do Presente: Caminho para o Perdão

O perdão de Deus vai além de simplesmente esquecer os erros; Ele perdoa nossos pecados e restaura nossa comunhão com Ele. É um dom de misericórdia e graça, acessível a todos por meio do arrependimento e da fé em Jesus Cristo.

O perdão divino exige que nos voltemos a Deus com um coração arrependido e confiemos em Seu Filho. Além disso, somos chamados a refletir esse mesmo perdão em nossas vidas, estendendo-o àqueles que nos ofenderam, libertando-nos do peso da amargura e do rancor.

1 João 1:9

"Se confessarmos os nossos pecados, Ele é fiel e justo para nos perdoar os pecados e nos purificar de toda injustiça."

O perdão divino é transformador e libertador. Ele nos concede uma nova oportunidade, não importa a gravidade de nossos pecados ou falhas.

Para recebê-lo, é preciso reconhecer nossos erros e pecados, e pedir perdão a Deus. Isso requer um coração humilde e arrependido.

O perdão divino significa que não precisamos mais carregar o peso da culpa. Ele nos liberta da escravidão do pecado e nos concede a oportunidade de viver uma vida renovada, em paz com Deus e consigo mesmos.

1 João 4:20-21

20      Se alguém disser: "Eu amo a Deus", mas odeia seu irmão, ele é um mentiroso. Pois quem não ama seu irmão a quem vê, não amar a Deus a quem ele não viu.

21      E este mandamento temos d'Ele: que quem ama a Deus deve também amar seu irmão.

Se você ainda carrega algum sentimento do passado ou do presente — mágoa, ressentimento ou dor — é hora de resolvê-lo. E a melhor maneira de fazer isso é perdoar. Talvez alguém tenha te ferido com palavras ou atitudes. Mesmo que anos tenham passado e pareça não doer mais, se você ainda se lembra, é um sinal de que precisa liberar perdão.

Perdoe essa pessoa. E, se for possível, peça perdão também. Fale com sinceridade e humildade: diga o que te machucou, mas deixe claro que escolheu perdoar. Pode ser que a outra pessoa não entenda ou até se ofenda — mas isso não importa. O que importa é que você libere seu coração e faça a sua parte diante de Deus.

O perdão remove um peso imenso da alma. Ele quebra correntes que te prendem ao passado e devolve a paz que o orgulho e a dor tentaram roubar. Não permita que mágoas antigas continuem te escravizando. Alivie sua alma, e você sentirá uma paz profunda ao perdoar e pedir perdão — é algo verdadeiramente belo. Seja humilde de coração, pois nem todos são capazes de dar esse passo. O orgulho, a arrogância, a vaidade e a presunção impedem muitos de experimentar a liberdade e a leveza que o perdão traz.

Além disso, lembre-se: tudo o que você viveu moldou quem você é hoje. Cada dor, cada lição e cada vitória fizeram parte do plano de Deus para sua vida. Você cresceu, amadureceu e agora caminha em um nível mais profundo de compreensão espiritual.

Deus abriu portas que nenhum homem poderia abrir — e hoje você pode enxergar a verdade: a mão de Deus sempre esteve sobre você, mesmo quando você não a percebia e nem a merecia.

Não permita que o passado defina quem você é ou limite o que Deus pode fazer em sua vida. Com Ele, não existem barreiras.

Chega um momento em que sentimos o desejo de fazer tudo perfeito, especialmente quando iniciamos um relacionamento pessoal com Jesus — aquele que nunca desiste de nós. Quando Deus remove a venda de nossos olhos e revela as maravilhas do Seu amor, tudo muda. Passamos a desejar agradá-Lo em cada pensamento, palavra e ação.

O triste é que muitas pessoas ainda vivem com essa venda espiritual. Não enxergam que Jesus é real — que Ele vive, vê e conhece todas as coisas entre nós. O inimigo cegou seus corações, afastando-os da verdade. Somente Deus pode abrir seus olhos, mas muitos preferem viver nas ilusões do mundo, buscando o que é passageiro e enganoso, porque parece mais fácil e prazeroso.

Mas é justamente aí que reside o perigo — o que o mundo oferece é temporário, mas o que Deus oferece é eterno. Por isso, ore por essas pessoas. E, se você as conhece, fale sobre Jesus. Seja uma luz que as conduza à verdade.

# Um Suspiro para a Eternidade.

Observe atentamente os sinais ao nosso redor. Basta olhar à sua volta para perceber como os últimos dias estão se desdobrando diante de seus olhos. Jesus está voltando — Ele está mais perto do que podemos imaginar. Não espere até que seja tarde demais. Compartilhe a mensagem de Jesus, oferecendo aos outros a oportunidade de receber a salvação. Faça a diferença na vida de alguém hoje.

Não viva apenas para si mesmo; dedique-se a guiar os outros a receber o dom da salvação de Deus. Tudo neste mundo é passageiro e será deixado para trás. Tudo pertence a Deus e retornará a Ele, pois Ele é o Criador de todas as coisas. Amém, Senhor.

Se houver apenas uma mensagem que você se lembre deste livro, que seja esta: acima de tudo, a sua salvação é o que mais importa. Receba-a, e um dia você habitará para sempre com Deus.

Agradeço a Deus por Sua infinita misericórdia, por não me chamar antes de eu conhecê-Lo, de entregar minha vida e minha família em Suas mãos, e de receber a dádiva preciosa da Sua salvação. Ainda há tempo — um tempo breve, que escapa como areia entre os dedos. Que cada instante seja vivido com propósito, cada respiração um lembrete de Sua graça. Entregue tudo ao Senhor, e Ele, em Sua perfeita sabedoria, guiará cada passo, cuidará de cada detalhe e restaurará o que precisa ser restaurado.

O mundo ao nosso redor vibra com sinais sutis e evidentes. Algo grande se aproxima, algo que desafia nossa compreensão, mas que não escapa ao olhar do Criador. Ninguém pode prever o momento, ninguém pode conhecer o dia, mas aqueles que O buscam com coração sincero jamais caminharão sozinhos. Que sua alma desperte para a verdade: cada segundo é um presente divino, cada escolha, uma ponte para a eternidade. Não espere para entregar o que lhe é mais precioso — sua vida, seu amor, sua fé. O tempo é breve, mas a eternidade é para sempre.

Saiba que a volta de Jesus está próxima, e você e sua família devem estar preparados. Muitos permanecem cegos, mesmo diante das calamidades que se multiplicam ao nosso redor, enquanto outros se deixam consumir pelo medo e pela ansiedade ao observar os sinais dos tempos. Mas não podemos nos enganar: a esperança não está perdida. Você não quer ser deixado para trás quando o arrebatamento acontecer. Serão sete anos de grande tribulação, um período de sofrimento e angústia sem precedentes. Se hoje já enfrentamos dores e desafios, imagine como será nesse tempo. O que vivemos agora é apenas o começo das dores de parto que anunciam a chegada do reino de Deus.

Mesmo quando o mundo parece mergulhar no caos, saiba que Jesus permanece no trono, soberano sobre tudo. Nada escapa ao Seu olhar, nada foge ao Seu controle. Ele é o nosso Criador, Senhor eterno, e aquele que Nele confia jamais será abandonado. Esteja vigilante, esteja preparado e mantenha seu coração firme em Jesus.

1 Tessalonicenses 5:1–6

1      Agora, irmãos e irmãs, não precisamos escrever para vocês sobre horários e datas,

2      pois você sabe muito bem que o dia do Senhor virá como um ladrão de noite.

3      Enquanto as pessoas estão dizendo: "Paz e segurança", a destruição virá sobre elas de repente, como dores de parto em uma mulher grávida, e elas não escaparão.

4       Mas vocês, irmãos e irmãs, não estão nas trevas para que este dia os surpreenda como um ladrão.

5       Vocês são todos filhos da luz e filhos do dia. Não pertencemos à noite nem às trevas.

6       Portanto, não sejamos como os outros, que estão dormindo, mas estejamos despertos e sóbrios.

Estar preparado para a Segunda Vinda de Jesus Cristo significa construir um relacionamento próximo com Ele por meio da oração e da leitura da Palavra de Deus.

Jesus é o único caminho para a salvação e a verdadeira esperança. Quando você entrega sua vida a Ele, seus olhos espirituais se abrem para a verdade, e essa verdade tem o poder de libertá-lo. Convide Jesus para sua vida, fale com Ele, confie n'Ele, e você sentirá uma transformação completa — sua vida nunca mais será a mesma.

Uma das formas mais poderosas de fortalecer seu relacionamento com o Senhor é mergulhar na leitura da Bíblia. Quanto mais você meditar na Sua Palavra, mais sua fé será alimentada, mais seu espírito será renovado e mais você será transformado à imagem de Cristo. Você se torna uma nova criação, guiada pela luz divina.

Há uma música em inglês que eu realmente amo, e ela é assim:

Lembro-me de como Você providenciou Como me sustentou durante a noite E lembro-me de como me fortaleceu

Se eu soubesse então o que sei agora Ficaria em silêncio e deixaria Você resolver

Jesus

Fui lançado na água  Mas nunca me afundei

Você sempre chegou a tempo

Jesus

Quando passei pelo fogo

Você estava bem ao meu lado

Você sempre chegou a tempo

Você sempre, sempre, sempre chegou a tempo

Lembro-me de como Você me carregou

Quando eu não conseguia dar um passo

E lembro-me de como me amou

Quando eu não conseguia me ama

# Permaneça Firme em Seu Deus

Isaías 50:10

10 Quem há entre vós que teme ao Senhor e ouve a voz do Seu servo? Quando você estiver nas trevas, sem luz, confie no nome do Senhor e permaneça firme em seu Deus.

Às vezes, até mesmo aqueles que carregam grandes responsabilidades enfrentam momentos de profunda escuridão. Talvez hoje você esteja passando por uma temporada em que a tristeza parece pesar sobre a alma, o medo se aproxima silenciosamente e a esperança parece distante. Todos nós, em algum momento da vida, passamos por esse vale sombrio.

Mas é justamente nessas horas que as lições mais preciosas são apreendidas. É na dor que amadurecemos, e na provação que aprendemos a força que vem de Deus. Há tesouros ocultos nas lágrimas, e há crescimento nas noites em que parecemos sozinhos — porque é ali que o Senhor trabalha em silêncio, moldando o nosso coração e nos preparando.

Podemos ver isso claramente na história de Elias. Você se lembra dele? Elias foi um profeta de Israel, no século IX a.C., conhecido por sua fé inabalável e sua coragem diante da idolatria e da injustiça. Em meio à corrupção do rei Acabe e à apostasia do povo, Elias permaneceu firme, confiando no Deus vivo, quando tudo ao redor parecia se desfazer.

1 Reis 19:1-4

1     Quando Acabe contou à rainha Jezabel o que Elias havia feito — que ele havia matado todos os profetas de Baal

2     ela mandou dizer a Elias: "Você matou meus profetas, mas eu juro pelos deuses que amanhã vou matá-lo."

3      Elias decidiu fugir para escapar vivo. Ele foi para Berseba, uma cidade em Judá, e deixou seu servo lá.

4      Ele continuou sozinho pelo deserto, caminhando o dia todo. A certa altura, ele se sentou sob um zimbro e orou para que a morte o levasse: Basta, SENHOR! Tire minha vida agora. Devo morrer um dia, como todos aqueles que vieram antes de mim e morreram por servi-lo. Então deixe ser agora.

Veja a sinceridade de Elias: exausto, abatido e sentindo que a vida havia perdido o sentido, ele abriu o coração diante de Deus e pediu que o deixasse morrer. Imagine falar com o Criador com tamanha ousadia. Ainda assim, há uma beleza silenciosa nesse momento — porque a oração verdadeira não vem de palavras bonitas, mas sim de um coração sincero. Deus não busca eloquência; Ele busca verdade.

Ele não disfarçou sua dor diante de Deus, não tentou parecer forte nem esconder que o desespero o consumia. Sob o calor escaldante do deserto, sentado à sombra de um zimbro, o profeta — aquele que enfrenta reis e multidões — desabou.

O mais impressionante é que, mesmo quando Elias orou pedindo a morte, ele ainda orou. Essa é a chave — ele nunca deixou de orar.

Nem sempre o Senhor responde exatamente como queremos ou esperamos — mas isso não significa que Ele não esteja agindo. Significa que Ele está ouvindo com amor, trabalhando em silêncio, preparando algo maior do que pedimos.

"Fale comigo", diz o Senhor. Traga até o meu altar tudo o que está quebrado — seu coração despedaçado, sua tristeza, seu medo. Eu quero segurar suas mãos e ajudá-lo a carregar o que pesa em sua alma.

Deus já sabe cada palavra antes mesmo de saírem de nossa boca. Ainda assim, Ele anseia que nos aproximemos como filhos, derramando nossos corações diante de nosso Aba Pai. Ele deseja que deixemos sobre Seus ombros os fardos que nos oprimem e que encontremos verdadeira paz em Sua presença.

Elias, esse poderoso profeta de Deus, chegou a orar pela morte. E, ainda assim, ele nunca viu a morte. De acordo com as Escrituras, Deus o levou para o céu. A morte jamais fez parte do futuro de Elias, nem do plano perfeito de Deus.

Mesmo em seu momento mais sombrio, Elias não deixou que a dor dominasse sua fé. Ele continuou orando. Suas emoções gritavam: "Desista!" Mas sua fé sussurrava: "Continue." É um lembrete para nós: as emoções podem nos empurrar a desistir logo antes do avanço — pouco antes da vitória que Deus preparou. A fé nos mantém firmes, mesmo quando tudo dentro de nós implora pelo fim.

2 Reis 2:11

11 E aconteceu que, enquanto andavam e falavam, eis que um carro de fogo com cavalos de fogo os separou um do outro; e Elias subiu ao céu num redemoinho.

De acordo com a Bíblia, Elias não morreu; ele foi levado para o céu em uma carruagem de fogo, sem passar pela morte. Ele foi arrebatado.

Dilene Leila Swofford

# A Base da Nossa Família: Valores que Nos Formaram

No fim das contas, o que realmente sustenta nossas vidas são três pilares: o Criador, a salvação por meio de Seu Filho Jesus e nossas famílias.

Quando somos mais jovens, é comum sentir raiva ou impaciência com nossos pais e irmãos. Pequenas injustiças parecem gigantes, e os desafios do dia a dia em casa nos frustram. Mas, ao sairmos de casa, assumirmos nossas responsabilidades e construirmos nossas próprias famílias, tudo muda. Nossa perspectiva se transforma. Começamos a enxergar não apenas os nossos erros, mas também a dedicação, o amor silencioso e os sacrifícios feitos por aqueles que nos criaram. Começamos a valorizar e admirar nossos pais e irmãos de uma forma profunda e duradoura, reconhecendo que são eles quem nos moldaram, nos fortaleceram e nos ensinaram os valores que carregamos até hoje.

Quando nos tornamos pais, Deus abre nossos olhos de uma forma que antes não era possível. Só então percebemos o quanto nossos próprios pais se dedicaram e quantos sacrifícios fizeram por nós. Começamos a compreender e valorizar cada gesto, cada cuidado diário: as manhãs apressadas nos preparando para a escola, a comida que nos nutria, os conselhos que antes nos irritavam e até aquelas refeições que nossa mãe insistia para que comêssemos, mesmo quando não queríamos.

E, de repente, essas pequenas coisas se tornam mais queridas: momentos que guardamos no coração quando moramos sozinhos, cozinhamos para nós mesmos e cuidamos dos nossos próprios filhos.

É absolutamente verdadeiro: muitas vezes, não valorizamos o que temos até que sintamos sua falta, até que experimentemos na própria vida aquilo que antes parecia simples ou cotidiano.

A família é o tesouro inestimável — a joia mais preciosa de nossas vidas. É o alicerce que nos mantém firmes quando os ventos da dificuldade sopram com força, e o refúgio seguro onde encontramos amor, alegria e aconchego nos dias de felicidade. É por meio de nossa família que aprendemos os valores que nos moldam, que descobrimos o significado do cuidado e do apoio incondicional, presente em cada etapa da vida.

Nenhuma família é perfeita, pois nenhum de nós é perfeito. E, ainda assim, é na imperfeição que reside sua beleza mais genuína: o amor que persiste apesar dos erros, as mãos que se estendem mesmo quando falhamos, os corações que nos acolhem exatamente como somos.

Gênesis 1:27-28

27 Criou o homem à imagem de Deus; homem e mulher os criou. 28 Deus os abençoou e lhes disse: Sejam fecundos e multipliquem-se; enchem a terra e subjuguem-na. Dominem sobre os peixes, as aves e os demais seres.

# Sentimentos e Espíritos

Sempre que qualquer emoção pesada surgir — inveja, medo, insegurança, ódio, pavor ou depressão — leve-a a Deus. Esses sentimentos não vêm Dele; Ele tem poder para libertar você de todos eles. É simples: fale com Ele. Abra seu coração e peça que purifique sua mente, renovando-a a cada dia. Ele pode limpar e restaurar sua mente e seu espírito.

Não somos perfeitos. Muitas vezes, nos vemos presos a sentimentos que nos escravizam e nos afastam da paz. Mas há esperança: Deus ouve cada clamor e deseja nos libertar. Tudo o que precisamos é pedir. Ele cumpre Suas promessas.

João 15:7-11

7 Se você permanecer em mim e minhas palavras permanecerem em você, você pedirá o que quiser, e isso será feito por você. 8 Nisto é glorificado meu Pai, que deis muito fruto e assim sereis meus discípulos. 9 Assim como o Pai me amou, também eu vos amei; Permanecei no meu amor. 10 Se guardares os meus mandamentos, permanecereis no meu amor, assim como eu guardei os mandamentos de meu Pai e permaneço no seu amor. 11 Eu lhes disse essas coisas para que a minha alegria esteja em vocês, e a sua alegria seja completa.

Deus é maravilhoso e nos renova a cada manhã, mesmo quando nos sentimos fracos ou desanimados. Se nos voltarmos a Ele em oração, Ele purifica nossos corações, nos enche de esperança e nos envolve com Seu amor infinito.

Ore para que Deus abra seus olhos espirituais, para que você possa ler a Bíblia com entendimento e nascer de novo. A cegueira espiritual é a incapacidade de enxergar a verdade de Deus, de perceber Sua presença e propósito em nossas vidas.

À medida que sua fé se fortalece, você começará a notar quantas pessoas ainda não veem nem compreendem a Deus. Mas lembre-se: isso acontece porque elas ainda estão espiritualmente cegas, assim como você já esteve. Para elas, apenas o mundo visível parece real, e o mundo material se torna o centro de tudo.

Para aqueles que aceitaram Jesus como único e verdadeiro Salvador, tudo é diferente. Este mundo é apenas um lugar de passagem, uma etapa temporária de nossa jornada. Nosso verdadeiro lar, nossa verdadeira esperança, está em Cristo, onde a vida eterna e o amor de Deus nos aguardam.

A compreensão espiritual nos dá a capacidade de enxergar além do que os olhos humanos podem perceber, revelando que, independentemente das circunstâncias que enfrentamos, um futuro cheio de bênçãos e esperança nos espera. Essa visão se aprofunda à medida que nos alimentamos da Palavra de Deus e caminhamos pela fé, confiando que Ele guia cada passo de nossa jornada.

# Israel: O Centro do Propósito Divino

Você sabia que Israel faz parte da história de amor de Deus e que é o centro de todas as coisas — onde tudo começou e onde tudo terminará com o retorno de Jesus?

Desde o começo, Israel ocupa um lugar especial na história de Deus. Foi lá que Ele escolheu Abraão e sua descendência, prometendo que, através deles, todas as nações seriam abençoadas (Gênesis 12:1-3). Israel não é apenas uma terra; é o palco do amor e da fidelidade de Deus, onde Suas promessas se manifestam ao longo da história.

Jesus, o Messias, nasceu em Belém, uma cidade na Judéia que fazia parte do território de Israel (Mateus 2:1; Lucas 2:4-7), viveu e cumpriu Sua missão em Israel. Antes de ascender ao Céu, Ele disse aos discípulos que retornaria da mesma forma (Atos 1:9-12), lembrando que Israel permanece no centro do plano divino, desde o início até o fim dos tempos.

Quando Ele voltar, estará em Jerusalém, no Monte das Oliveiras (Zacarias 14:4). Esse momento marcará a restauração de Israel e o estabelecimento de um Reino Messiânico — um tempo em que a justiça, a paz e o amor de Deus reinarão plenamente sobre a terra (Isaías 2:2-4; Apocalipse 20:4-6).

O inimigo tem tentado, ao longo dos séculos, destruir Israel, levantando pessoas e líderes poderosos contra ela. Ele faz isso porque sabe que essa nação ocupa um lugar central no plano de redenção de Deus. O nascimento, a morte, a ressurreição e o eventual retorno glorioso de Jesus estão todos profundamente ligados a Israel. Por isso, o inimigo se opõe com tanta força, tentando frustrar as promessas divinas e apagar os sinais do propósito de Deus.

A profecia de Daniel revela que a 70ª semana, conectada diretamente a Israel, marcará a fase final do plano redentor de Deus — o tempo em que Suas promessas a Abraão e ao rei Davi se cumprirão plenamente, trazendo restauração, justiça e o Reino do Messias.

Israel pode ser uma nação pequena aos olhos do mundo, mas é grande aos olhos de Deus. Ao redor dela, muitos se levantam com ódio e ameaças diárias, desejando vê-la destruída — mas nenhum inimigo prevalecerá. Porque a mão do Todo-Poderoso está sobre Israel. O mesmo Deus que a escolheu é quem a sustenta, quem a protege e quem cumpre Suas promessas.

Deus escolheu Israel como Seu povo por propósitos eternos e maravilhosos:

- Para cumprir Sua promessa de enviar ao mundo o Messias e Salvador, Jesus Cristo — promessa já realizada em toda a plenitude de Seu amor.
- Para revelar ao mundo quem é o verdadeiro Deus, ensinando as nações sobre Sua justiça, misericórdia e fidelidade.
- Para ser uma nação de sacerdotes, profetas e mensageiros, levando a luz divina aos povos e proclamando o nome do Senhor sobre toda a terra.

A intenção de Deus ao escolher Israel ia muito além de trazer o Messias ao mundo. Seu desejo era fazer de Israel um povo distinto, uma luz entre as nações, líderes espirituais que conduzissem outros à verdade e à redenção. Contudo, ao longo da história, Israel muitas vezes se desviou do seu propósito — mas o plano soberano de Deus jamais falhou.

Hoje, muitos judeus ainda não reconhecem Jesus como o Filho de Deus e continuam à espera do Messias prometido. No entanto, a Palavra de Deus assegura que chegará o dia em que os olhos de Israel serão abertos, e eles verão Aquele que foi enviado por amor. Nesse dia, todo joelho se dobrará e toda língua confessará que Jesus é o Senhor — o Messias prometido, o Rei da Glória (Romanos 11:25-26; Filipenses 2:10-11).

O nome Israel foi dado a Jacó, um homem de fé que viveu séculos antes de Cristo. Esse nome carrega um profundo significado espiritual: "aquele que prevalece com Deus" ou "que Deus prevaleça". Ele simboliza a vitória da fé, a perseverança diante das provações e a íntima relação entre Deus e Seu povo escolhido.

A Bíblia também nos garante que o Senhor protege Israel e nunca dorme.

O Salmo 121:4-6 diz:

4 "O protetor do povo de Israel nunca dorme ou cochila. 5 O Senhor o guardará; Ele está sempre ao seu lado para protegê-lo. 6 O sol não te fará mal de dia, nem a lua de noite."

Em Números 24:9, as Escrituras descrevem Israel como um poderoso leão e dizem: "Quem abençoar o povo de Israel será abençoado."

É por isso que falo sobre orar por Israel todos os dias de sua vida — porque Deus abençoará aqueles que os abençoarem.

O retorno do Messias, Jesus, se aproxima com passos firmes e inevitáveis, e cada acontecimento ao nosso redor anuncia Sua vinda gloriosa. Muitos sinais já se revelam, lentamente, mas passam despercebidos por aqueles que estão presos às preocupações mundanas e ao egoísmo diário. Alguns até percebem, mas permanecem indiferentes, ignorando o chamado de Deus.

Sem a luz da compreensão espiritual, essas pessoas permanecem cegas à verdade, vulneráveis às armadilhas de falsos profetas e doutrinas enganosas. Somente aqueles que se dedicam ao estudo da Palavra, que buscam a Deus com fervor e permanecem conectados ao Espírito Santo, serão capazes de discernir os tempos, compreender os sinais e permanecer firmes, preparados para a gloriosa volta do Rei Jesus. (Mateus 24:24)

Mateus 25:31

31     "Quando o Filho do Homem vier em  glória, e todos os anjos com ele, então se assentará no trono da Sua glória celestial...."

# Quando Deus Preenche.

Deus, a Fonte que Sacia a Alma

Sem Deus e Jesus em nossas vidas, nunca experimentaremos a verdadeira plenitude ou alegria. Sabe aquele vazio silencioso que tentamos preencher dia após dia com bens, sucesso ou distrações? Nada pode satisfazer o coração e a alma humana como a entrega a Jesus, nosso Salvador.

Quando nos rendemos a Ele, tudo começa a fazer sentido — mesmo em meio às dificuldades e provações. Passamos a enxergar a vida de forma diferente, fortalecidos por Deus, com os olhos espirituais abertos para a verdade que antes nos escapava. Ele nos concede compreensão espiritual e sabedoria, preparando-nos para enfrentar o que ainda está por vir.

O entendimento de Deus está disponível a todos, mas só é revelado àqueles que O buscam com coração sincero. Ele jamais recusa Sua mão a quem se aproxima com fé. Deus nos criou com amor infinito, anseia conquistar nossos corações, mas nunca nos força a segui-Lo. Cada escolha de entrega a Ele é um ato de liberdade, e é nesse espaço de entrega voluntária que encontramos plenitude em Sua presença.

A oração é muito mais poderosa do que imaginamos. Cada vez que lemos, meditamos ou ouvimos a Palavra de Deus, nossa fé se fortalece, nossa coragem cresce, e o desejo de orar se torna insaciável! A oração move montanhas, transforma vidas e salva almas.

Nunca esqueça: cada pessoa, gostemos ou não, é uma alma criada por Deus, preciosa e única. Muitas vezes estão perdidas, sem direção, caminhando na escuridão sem perceber que Jesus é a luz que pode guiá-las. É aí que Deus nos chama: a plantar a semente da Palavra, semeando esperança e confiando que Ele fará germinar, florescer e dar fruto no tempo certo.

Que possamos ser instrumentos de Sua graça, corações dispostos a compartilhar o amor de Cristo, sabendo que a colheita pertence ao Senhor. Amém, Senhor.

Colossenses 1:16-18

"16 Porque nele foram criadas todas as coisas: as que estão nos céus e na terra, as visíveis e as invisíveis... todas as coisas foram criadas por meio Dele e para Ele. 17 Ele é antes de todas as coisas, e nele todas as coisas subsistem. 18 E Ele é a cabeça do corpo, a igreja... para que em tudo Ele tenha a supremacia."

# Deus Não Vê as Pessoas da Maneira que as Vemos: Deus Vê o Coração

O invisível aos homens. O olhar de Deus. Além das aparências.

Somos todos amados por Deus de maneira infinita. Ele não vê as pessoas como nós vemos; Ele enxerga o que está além da superfície, o que os olhos humanos não podem alcançar — Ele vê quem realmente somos.

Mesmo quando nos concentramos em nossas fraquezas e falhas, Deus vê nosso potencial e propósito. Ele escolhe os rejeitados, os tímidos, os esquecidos e os transforma em corajosos, fortes e vitoriosos.

Enquanto tendemos a valorizar beleza, dons externos, status social, histórico familiar, educação e intelecto, Deus olha mais fundo. Ele não se prende ao passageiro; Ele vê o coração — o que é profundo, invisível aos homens — e molda nossa vida para cumprir o plano perfeito.

Glória a Deus, cujo amor nos sustenta mesmo nos dias de sombras, mesmo quando não percebemos Sua presença. Ele nos ama sem limites.

Lembra-se de como Deus escolheu Davi para ser rei? Ele era o mais novo dos oito filhos de Jessé. Seus sete irmãos mais velhos eram guerreiros fortes que serviram ao rei Saul nas batalhas contra os filisteus, enquanto Davi permanecia nos campos, cuidando das ovelhas, tocando harpa e cantando ao Senhor.

Mesmo assim, Deus escolheu o humilde pastor para liderar Israel. Ele ungiu Davi e o preparou para a grande responsabilidade de liderança. Com coragem, fé e confiança inabalável em Deus, Davi se tornou não apenas um guerreiro destemido, mas também um rei sábio e justo.

Davi reinou por 40 anos — 7 em Hebron e 33 em Jerusalém — e estabeleceu um reino forte e unificado, profundamente abençoado pelo Altíssimo, o Deus de Abraão, que nunca abandona aqueles que confiam Nele.

Acima de tudo, Davi era corajoso e cheio de fé. Sua vitória sobre Golias é uma das histórias mais poderosas de coragem, confiança e entrega total a Deus. Como lemos em

1 Samuel 16:7

7 Mas o Senhor disse a Samuel: "Não considere sua aparência nem sua altura, pois eu o rejeitei. O Senhor não vê como o homem vê: o homem vê a aparência, mas o Senhor vê o coração."

1 Samuel 17

17 Davi acreditava que a batalha pertence ao Senhor e que os exércitos do Deus vivo jamais seriam derrotados.

# Vendo o Invisível: O Deus dos Detalhes.

Assim como vejo Deus poderoso e majestoso, também percebo a profundidade de Seu cuidado, até nos menores detalhes de Sua criação. Tenho um desejo intenso de fazer o que é certo para agradar meu Criador, embora muitas vezes eu falhe.

É um conforto maravilhoso saber que Ele nos ouve e nos guia, ensinando-nos a andar com Ele a cada passo. Independentemente de quem somos ou de onde viemos, tudo o que precisamos fazer é clamar a Ele, e Ele nos concederá a sabedoria que vem do alto.

Às vezes, essa verdade pode ser difícil de compreender, mas devemos lembrar o que Jesus disse sobre as crianças: o Reino dos Céus pertence a elas, porque são puras, rápidas em acreditar e humildes.

Deus deseja que entendamos que nossa salvação vem somente por meio do Senhor Jesus, que morreu por cada um de nós. Todos os nossos pecados — mesmo aqueles que ainda não cometemos e até os de pessoas que ainda não nasceram — já foram perdoados através de Seu sacrifício. Por meio Dele, recebemos a oportunidade de vida eterna e de habitar com Ele no paraíso.

Tudo o que precisamos fazer é pedir perdão, nascer de novo, Confessar Jesus diante dos outros e selar essa fé através do batismo,  mudar nossa vida e segui-Lo.

1. Aceitar Jesus publicamente significa **confessar** com a boca e crer no coração que Jesus é o Senhor e Salvador (Romanos 10:9-10).

2. Ser batizado é o símbolo externo dessa decisão interna — representa a morte para a velha vida e o renascimento para uma nova vida em Cristo.

Romanos 6: 4

4 Fomos, pois, sepultados com Ele na morte pelo batismo, e da nova vida em Cristo

Marcos 16:16

16 Quem crer e for batizado será salvo; quem, porém, não crer será condenado.

Deus perdoa todo pecado quando há arrependimento genuíno e confissão sincera. Quando nos aproximamos d'Ele com o coração quebrantado, reconhecemos nossas falhas e pedimos perdão, o Senhor, em Sua infinita misericórdia, nos acolhe com amor.

1 Joao 1:9

9 Se confessarmos os nossos pecados, Ele é fiel para nos perdoar os pecados e nos purificar de toda injustiça.

Nenhum erro é grande demais, nenhuma vida está perdida demais para ser restaurada por Suas mãos. O perdão de Deus não apenas apaga o passado — Ele renova o coração, transforma a alma e nos dá um novo começo.

# Jesus e a Ovelha Perdida

A Parábola da Ovelha Perdida: Cada Um de Nós

Lucas 15:1–7

1     Todos os publicanos e "pecadores" se reuniam para ouvi-lo.

2     Mas os fariseus e os mestres da lei o criticavam: "Este homem recebe pecadores e come com eles."

3     Então Jesus lhes contou esta parábola:

4     "Qual de vocês, tendo cem ovelhas e perdendo uma, não deixa as noventa e nove no campo e vai atrás da ovelha perdida até encontrá-la?

5     E, quando a encontra, alegremente a coloca sobre os ombros

6     e volta para casa. Ao chegar, reúne seus amigos e vizinhos e diz: 'Alegrem-se comigo, pois encontrei a minha ovelha perdida.'

7     Eu vos digo que, da mesma forma, haverá mais alegria no céu por um pecador que se arrepende do que por noventa e nove pessoas justas que não precisam se arrepender."

**Jesus conta essa parábola para mostrar como é o coração de Deus.**

Os fariseus e mestres da lei criticavam Jesus por se aproximar dos pecadores e comer com eles, mas Ele queria que entendessem uma verdade profunda: Deus não rejeita quem se perdeu — Ele busca.

Imagine um pastor que tem cem ovelhas. Ele conhece cada uma pelo nome, sabe o som da sua voz e até o jeito que cada uma anda. Um dia, percebe que falta uma. Ele poderia pensar: "Ainda tenho noventa e nove, não faz falta." Mas não. O amor não raciocina em números — ele sente a ausência.

Então o pastor deixa as noventa e nove em segurança e sai, sozinho, pelas montanhas, enfrentando o frio, os perigos e o cansaço, até encontrar a ovelha perdida. Quando finalmente a encontra — ferida, assustada e cansada — ele não a repreende. Em vez disso, a levanta com ternura, coloca sobre os ombros e a leva de volta para casa. Ao chegar, ele chama seus amigos e vizinhos e celebra:

**"Alegrem-se comigo, pois encontrei a minha ovelha perdida!"**

**O significado da parábola:**

- A ovelha perdida representa o ser humano perdido.
- Jesus é o Bom Pastor, refletindo a imagem de Deus que busca os perdidos.

Lucas 15:7

7 "Eu vos digo, da mesma forma, há mais alegria no céu por um pecador que se arrepende do que por noventa e nove pessoas justas que não precisam se arrepender."

# Problema Espiritual

O problema da raça humana não é físico, financeiro ou social — é espiritual. O espírito do homem está separado de Deus. Por causa dessa separação, sentimentos e ações destrutivas surgem: ódio, mentiras, engano, brigas, violência e guerras. Nada do que o homem faz por si mesmo consegue restaurar essa paz interior, porque seu espírito não está em paz com Deus.

Portanto, a humanidade precisa ser reconciliada com Deus. O que um homem morto precisa? Ele precisa de vida. E o próprio Jesus declara que Ele é a vida que as pessoas espiritualmente mortas necessitam.

Assim como o corpo morto precisa de vida, o espírito humano morto precisa de reconciliação com Deus. E é aqui que a boa nova surge: Jesus é a vida. Ele declarou: Jesus disse: "Eu sou a ressurreição e a vida. Quem crê em mim, ainda que morra, viverá" (João 11:25).

Como eu disse antes, hoje estamos mais próximos do retorno de Jesus do que jamais estivemos. Não há tempo a perder — a decisão de segui-Lo não pode ser adiada. Ela deve ser tomada agora, neste exato momento. Amanhã pode ser tarde demais.

Vale a pena viver apenas para este mundo passageiro, lutando por coisas que um dia se perderão, enquanto sua alma corre o risco de permanecer distante de Deus? Cada um de nós tem um propósito único neste mundo. Cada vida tem algo que pode conduzir outros a Jesus.

Podemos começar hoje mesmo, plantando pequenas sementes no coração das pessoas ao nosso redor: compartilhando sobre Ele em palavras e atitudes; vivendo de maneira que nossas vidas reflitam Seu amor; usando recursos modernos, como folhetos, vídeos, mensagens no YouTube e outras plataformas das redes sociais. Hoje, dispomos de inúmeras ferramentas poderosas que podemos usar com sabedoria para espalhar a mensagem de Jesus e tocar vidas de forma positiva.

Mas é impossível convencer alguém a se entregar totalmente a Jesus — isso é obra de Deus. Nosso papel é plantar sementes de fé, amor e esperança, falar sobre Ele e mostrar Seu amor por meio de nossas vidas. Enquanto uma semente é plantada hoje, outra pode ser semeada amanhã por alguém diferente. Aos poucos, essas sementes começam a despertar um desejo no coração da pessoa de conhecer a Jesus.

É então que Deus entra em ação: Ele é quem desperta a fé, abre os olhos espirituais e levanta o véu que antes impedia a visão da verdade. O que nós não podemos fazer por esforço humano, Ele realiza de forma perfeita e sobrenatural.

Foi exatamente assim que aconteceu com muitos de nós: alguém plantou uma pequena semente em nosso coração — um gesto de amor, uma palavra, uma história, um exemplo de vida — e, com o tempo, essa semente cresceu, floresceu e se transformou em uma fé viva. Aquele momento em que percebemos que Deus estava ali o tempo todo, pronto para nos receber, é inesquecível, porque marca o início de uma vida transformada e de uma relação pessoal com o Criador. É nesse instante que compreendemos: o véu que antes nos impedia de ver é finalmente levantado.

Jesus falou sobre o Consolador — o Espírito Santo:

João 16:7–8

7 "Mas eu vos digo a verdade: convém-vos que eu vá; porque, se eu não for, o Consolador não virá a vós; mas se eu for,

Eu o enviarei a vós. 8 E, quando Ele vier, convencerá o mundo do pecado, da justiça e do juízo."

O Espírito Santo manifesta-se em nossas vidas por meio dos frutos espirituais — amor, alegria, paz, paciência, bondade, generosidade, fidelidade, mansidão e domínio próprio.

Em João 14:16–17,

16 "Jesus disse que o Pai enviaria o Espírito, o Consolador, para estar conosco para sempre. 17 Ele é o Espírito da Verdade, que o mundo não pode receber, porque não o vê nem o conhece; mas vocês o conhecem, pois habita com vocês e estará em vocês."

# Estamos Prontos, Senhor

A Bíblia ensina claramente que Jesus voltará, mas o tempo exato de Sua segunda vinda permanece desconhecido.

Mateus 24:36

36 Mas quanto àquele dia e hora ninguém sabe, nem os anjos do céu, nem o Filho, mas somente o Pai.

Embora o momento permaneça um mistério, as Escrituras exortam os crentes a permanecerem preparados e alertas.

Mateus 24:42

42 Portanto, vigiai, porque não sabeis em que dia virá o vosso Senhor.

Muitas pessoas que conhecem Jesus e confiaram plenamente suas vidas a Ele se perguntam, com coração ansioso: **"Quando voltarás, Senhor?"** Estamos prontos, Senhor. Às vezes, o desejo de estar em Teu abraço é tão intenso que não queremos mais perder tempo neste mundo que se afunda em caos e incerteza.

Muitos contam os dias até Teu retorno porque a vida neste mundo temporário é marcada por dores, lutas e desgostos — está cheia de provações e sofrimentos. Muitos estão cansados e aflitos, clamando a Jesus e pedindo-Lhe que volte, para que possamos finalmente repousar em Teu amor. E sabemos, Senhor, que quando estivermos Contigo, será para sempre — em plenitude, paz e alegria que jamais se acabarão.

As coisas deste mundo são passageiras — bênçãos materiais que recebemos por meio de trabalho árduo, mas que não levaremos quando partirmos. O amor entre as pessoas parece ter desaparecido, e o respeito torna-se cada vez mais raro. É de partir o coração testemunhar o que esta nova geração de crianças está aprendendo nas escolas públicas — ensinamentos que muitas vezes contradizem a Palavra de Deus.

Alguns pais, quando possível, buscam escolas privadas cristãs, onde Jesus permanece no centro de tudo. Mas e aqueles que não têm essa opção? Devem enviar seus filhos para instituições onde os valores morais tradicionais estão sendo gradualmente despojados?

Devemos orar, com fervor, para que o Senhor tenha misericórdia desta geração, pois essas crianças serão líderes do amanhã.

Hoje, muitas crianças e jovens estão confusos — até mesmo sobre quem são. É doloroso contemplar. Quanto mais incomuns ou diferentes eles se tornam, mais a sociedade parece celebrar essa estranheza. "Quanto mais estranho, melhor" — esse é o novo ditado da cultura atual.

Mas lembre-se: tudo começa em casa. Devemos conversar com nossos filhos sobre Deus, orar por eles e levá-los à igreja. É essencial encorajá-los a ler a Palavra do Senhor desde cedo, para que ela se enraíze profundamente em seus corações. Quando a semente da fé é plantada na infância, o mundo não terá facilidade em enganá-los. E mesmo que, em algum momento, se afastem do Senhor, é provável que retornem, pois nada neste mundo pode nutrir a alma e satisfazer como o alimento espiritual que a Palavra de Deus fornece.

Somente Deus pode salvar, mas Ele nos permite ser instrumentos para conduzir nossos entes queridos a Ele. Devemos guiar nossos filhos em direção a Jesus, plantando a semente da fé — e Deus, em Sua infinita sabedoria, fará com que ela cresça. Ele realiza aquilo que está além de nossas forças. Ele é o Deus do impossível. Tudo neste mundo é efêmero — uma fantasia que tenta nos consumir lentamente, mas que não pode apagar a verdade e a vida que encontraremos em Cristo.

Às vezes, a vida nos apresenta situações difíceis e confusas, e não conseguimos compreender o porquê. Mas, por mais desafiador que tudo pareça, nunca devemos desistir de Deus. Ele é o Criador, o dono de todas as coisas, e está sempre no controle — mesmo quando Seus caminhos nos parecem misteriosos e insondáveis.

Isaías 26:4

4 Confie no Senhor para sempre, pois o Senhor, somente o Senhor é a Rocha eterna.

Salmos 125:1

1 Aqueles que confiam no Senhor são como o Monte Sião, que não pode ser movido, mas permanece para sempre.

Hebreus 13:14

14 Pois este mundo não é nosso lar permanente; Estamos ansiosos por uma casa que ainda está por vir.

# A Promessa de Jesus Para Cada um de Nós.

João 14:2–3

2 Na casa de meu Pai há muitas moradas; se não fosse assim, eu vo-lo teria dito. Vou preparar um lugar para você. 3 E, se eu for e vos preparar lugar, voltarei e vos levarei para mim, para que, onde eu estiver, estejais vós também.

Esta é a promessa de Jesus a todos os que O recebem como Salvador: uma esperança que nunca se apaga, um amor que jamais falha. A Bíblia é o único livro que fala com autoridade sobre o passado, o presente e o futuro. É a fonte suprema da verdade, palavra viva, eterna e imutável — e o próprio Deus é fiel para cumprir cada uma de Suas promessas.

Dentro de suas páginas, encontramos palavras que transformam vidas. Declarem essas palavras sobre você e sobre sua família! Promessas de libertação dos vícios, perdão do pecado, vitória sobre o mal, provisão em tempos de escassez, cura e saúde, restauração de lares e casamentos, paz em meio à ansiedade, esperança para corações feridos e força para continuar quando tudo parece impossível — essas são algumas das bênçãos que Deus promete àqueles que n'Ele crêem.

Jesus prometeu a Seus seguidores muitas bênçãos, incluindo a vida eterna, o perdão dos pecados e a presença do Espírito Santo. Ele também assegurou que estaria conosco para sempre.

Mateus 28:20

20 Ensinando-os a obedecer a tudo o que vos ordenei. E estarei com vocês todos os dias, até o fim dos tempos.

Jesus veio em busca dos perdidos.

Ele veio para alcançar aqueles que estavam distantes d'Ele — mesmo quando não podiam, por si mesmos, aproximar-se. Jesus foi escolhido para ser o Salvador, e por meio d'Ele encontramos cura para nossas feridas mais profundas.

Ele nos amou quando não podíamos amá-Lo.

Ele nos deu vida quando estávamos incapazes de encontrá-la por nós mesmos.

Ele nos buscou quando estávamos totalmente perdidos, trazendo luz onde só havia escuridão.

Jeremías 29:13

13 Você me buscará e me acharão quando me buscar de todo o coração.

Antes de terminar este livro, pare por um instante e ouça: Deus está chamando você agora. Esta é a sua oportunidade de se entregar totalmente a Ele e aceitar Jesus como seu Salvador.

Não siga adiante sem fazer essa escolha. Talvez esta seja a última chance que Deus lhe concede para salvar sua alma — e a verdade é que ninguém sabe quanto tempo ainda resta.

Não adie. Não espere mais. Abra o seu coração e escolha hoje, antes que o momento passe.

João 3:16

16 Porque Deus amou o mundo de tal maneira que deu o seu Filho unigênito, para que todo aquele que nele crê não pereça, mas tenha a vida eterna.

# Não Deixe a Ira Controlar Sua Vida— Você Serve a um Deus Vivo, Capaz de Transformar Tudo

Você já se encontrou em uma situação em que parecia que outra pessoa tinha total controle sobre suas emoções? Como uma única palavra, um gesto descuidado ou um julgamento injusto pode despertar uma tempestade interior tão intensa dentro de você?

Entenda isto: a raiva não é algo que os outros causam em você — ela surge porque você permite que floresça dentro do seu coração. Como mencionei antes, a raiva é um espírito, uma força espiritual que age quando não estamos atentos.

Se você aprender a transformar seus pensamentos, pode se tornar imune às pessoas que tentam roubar sua paz. Muitos acreditam que a raiva é apenas uma resposta a situações externas, mas, na realidade, ela é muito mais profunda — é espiritual. As mesmas palavras ou ações que fazem alguém sorrir podem desencadear furor em outra pessoa. Isso ocorre porque a reação não vem do exterior — vem do interior.

As pessoas não têm o poder para deixá-lo com raiva; você escolhe como se sentir e como agir. Quando você aprende a lutar as batalhas invisíveis — os conflitos espirituais — passa a agir com sabedoria e discernimento, em vez de ser guiado apenas pela emoção.

Eles sabem que a pessoa mais sábia na sala não é quem grita mais alto, mas quem permanece calma e composta, pensa antes de falar e, quando fala, o faz com sabedoria e autoridade.

Por que certas palavras te abalam? A resposta é simples: permitimos que elas nos afetem. Mas aqui está a verdade — você serve a um Deus vivo, que lhe dá força, identidade e paz. Quando você se mantém firme em quem é em Cristo, nenhuma palavra contra você pode destruí-lo. As opiniões das pessoas podem vir e ir, mas a verdade de Deus sobre você nunca muda.

Você não precisa dar aos outros esse poder. Deixe a voz de Deus ser a mais alta em sua vida. As pessoas não criam sua raiva; você escolhe se vai cair nela ou responder com sabedoria. Não permita que a raiva dite suas ações. Em vez disso, veja cada situação como uma oportunidade de crescer e se fortalecer, guiado pela mão de Deus.

Suas emoções não são controladas pelos outros, a menos que você permita. Ninguém pode governar seu coração sem sua permissão. Mas quando Deus está no controle, Sua paz acalma qualquer tempestade.

Lembre-se: você sempre tem uma escolha — responder com raiva ou permanecer calmo e continuar seu dia em paz. Deus lhe dá força para escolher com sabedoria.

Tomar tempo para pensar antes de agir é um sinal de sabedoria e maturidade verdadeira. Agir por impulso, sem considerar as consequências, muitas vezes traz arrependimento, constrangimento ou dor desnecessária. Mas quando você pausa, reflete e convida Deus a orientar cada pensamento e reação, Ele lhe concede força, paciência e autocontrole. Suas ações passam a ser guiadas pela graça divina e pelo próprio Eterno, transformando cada escolha em um ato de fé e discernimento.

1 Tessalonicenses 1:9

9 Pois eles mesmos relatam de nós que maneira de entrada tivemos junto a vocês, e como vocês se voltaram para Deus, deixando os ídolos, para servir ao Deus vivo e verdadeiro.

Deuteronômio 5:26

26 Pois quem há de toda a carne que tenha ouvido a voz do Deus vivo falando do meio do fogo, como nós ouvimos, e tenha vivido?

Josué 3:10

10 Então vocês saberão que o Deus vivo está entre vocês e que Ele certamente expulsará diante de vocês os cananeus, hititas, heveus, ferezeus, girgaseus, amorreus e jebuseus.

# O Seu Nome Está Registrado no Livro da Vida?

O que é o Livro da Vida?

O Livro da Vida é uma parte crucial do julgamento final, um registro sagrado. Nele estão escritos os nomes de todos aqueles que serão salvos — aqueles que confiaram em Jesus Cristo como Salvador. Este livro simboliza a promessa de segurança eterna, paz e comunhão com o Deus vivo para os eleitos.

Na Bíblia, o Livro da Vida também é chamado de Livro da Vida do Cordeiro, destacando que pertence àqueles que foram redimidos por Cristo. É mais do que um simples registro, é um sinal do amor eterno de Deus e da esperança que temos de viver para sempre em Sua presença.

Apocalipse 3:5

5 O vencedor também será vestido de branco. Nunca apagarei o seu nome do Livro da Vida, mas o reconhecerei diante de meu Pai e de Seus anjos.

Apocalipse 21:27

27 Nada impuro jamais entrará nele, nem quem pratica o vergonhoso ou o enganoso, mas apenas aqueles cujos nomes estão escritos no Livro da Vida do Cordeiro.

Em contraste, aqueles que rejeitam a Palavra de Deus — os que não depositaram sua fé em Jesus Cristo e os que seguem falsos mestres — não têm seus nomes escritos no Livro da Vida.

Apocalipse 20:11–15

11    E vi um grande trono branco e Aquele que nele estava sentado, de cuja presença a terra e o céu fugiram, e nenhum lugar se encontrou para eles.

12    E os mortos, pequenos e grandes, ficaram diante de Deus, e os livros foram abertos; e outro livro foi aberto, que é o Livro da Vida. E os mortos foram julgados pelas coisas que estavam escritas nos livros, segundo suas obras.

13    E o mar entregou os mortos que nele havia, e a morte e o inferno entregaram os mortos que neles havia, e cada um foi julgado segundo suas obras.

14    E a morte e o inferno foram lançados no lago de fogo. Esta é a segunda morte.

15    E aquele que não foi encontrado escrito no Livro da Vida foi lançado no lago de fogo.

# Como Saber com Certeza que Seu Nome Está no Livro da Vida?

João 3:3

"Em verdade, em verdade te  digo que ninguém pode ver o Reino de Deus, se não nascer de novo."

João 3:5

"Em verdade, em verdade te digo que quem não nascer da água e do Espírito não pode entrar no reino de Deus."

João 3:6

"O que é nascido da carne é carne; e o que é nascido do Espírito é espírito."

Estar escrito no Livro da Vida significa ser salvo e receber a vida eterna — garante a presença de Deus e de Jesus no Dia do Julgamento, assegurando a vida eterna para aqueles que creem. Também representa estar incluído na verdadeira Igreja de Cristo, como parte do Seu povo escolhido.

Por outro lado, ser apagado do Livro da Vida, ou nunca ter tido o nome nele escrito, significa perder a presença de Jesus e de Deus — para sempre.

De acordo com a Bíblia, seu nome está escrito no Livro da Vida quando você:

- Crê que Jesus é o Filho de Deus, que morreu para nos dar a vida eterna.
- Reconhece Jesus como seu Senhor e Salvador.
- Pede perdão pelos seus pecados em nome de Jesus.
- Aceita publicamente Jesus Cristo como Salvador, através do batismo.

- Nasce de novo e vive uma vida transformada após o batismo.
- Segue Seus ensinamentos com fé e obediência.

Estar no Livro da Vida não é apenas uma promessa; é uma relação viva com Cristo, marcada por fé, arrependimento e transformação diária.

Tenha fé no amor incomparável de Deus, que enviou Seu Filho unigênito para que todos os que n'Ele crerem recebam a vida eterna. Creia profundamente que Jesus é o Filho de Deus, que deu Sua vida para perdoar os pecados do mundo.

Jesus nos ensina sobre o nascimento espiritual — uma vida que vai além do físico, gerada pelo Espírito Santo, capaz de criar em nós a verdadeira vida espiritual. Esse nascimento é uma transformação da alma, um renascer de dentro para fora, onde o coração desperta para a luz divina, e a vida ganha um novo propósito, esperança e eternidade.

# Oração de Entrega ao Senhor

Se você deseja entregar sua vida a Deus, mas não sabe como começar, comece assim, em oração:

"Senhor Jesus, confesso meus pecados e Te peço perdão. Entre em meu coração como meu Senhor e Salvador. Tome total controle da minha vida e me ajude a seguir Teus caminhos todos os dias, pelo poder do Espírito Santo. Obrigado, Senhor, por me salvar e ouvir minha oração. Amém."

Lembre-se: cada entrega é única e pessoal. Não basta apenas crer Nele; muitas pessoas O conhecem e creem, mas ainda assim se perdem após a morte porque não O aceitaram plenamente e viveram para o mundo enquanto estavam vivos. Até Satanás crê em Jesus e O teme.

Há uma grande diferença entre crer, aceitar, se entregar e servi-Lo.

Romanos 10:13 – "Porque todo aquele que invocar o nome do Senhor será salvo.'"

Deus fará coisas maravilhosas em sua vida — coisas que vão além do que os olhos podem ver ou a mente pode imaginar. Ele realiza o impossível, transforma corações e abre caminhos onde não há esperança. Confie n'Ele e verá o poder do Seu amor em ação.

Amém.

1 Tessalonicenses 5:17 – Orem sem cessar.

Oro, em nome de nosso Senhor Jesus Cristo, para que cada coração que tocar estas palavras seja inundado de bênçãos divinas. Que a misericórdia infinita de Deus conduza você à vida eterna, à presença gloriosa do Aba Pai, onde o amor nunca termina e a paz é completa.

Neste momento sagrado, abra seu coração e receba Jesus Cristo como seu Senhor e Salvador. Ao fazer isso, seu nome será escrito no Livro da Vida do Cordeiro — o registro eterno da esperança, da redenção e da salvação.

Que a eternidade com Jesus se torne sua prioridade mais preciosa, e que sua vida não seja apenas existir, mas viver plenamente — guiado pelo propósito divino, imerso na alegria celestial e protegido pela graça infinita.

Permita que sua vida brilhe com luz que atravessa a escuridão, alcançando almas perdidas, trazendo cura e conduzindo muitas almas para o Reino de Deus. Que cada passo seu seja pleno, significativo e vitorioso, refletindo a glória do nosso Senhor.

Toda honra, toda glória, todo louvor ao nosso Rei, Jesus Cristo!

Amém.

Joao 1:1,14

"1 No princípio era o Verbo, e o Verbo era com Deus, e o Verbo era Deus.

14 E o Verbo se fez carne, e habitou entre nós, cheio de graça e de verdade, e vimos a sua glória, glória como do unigênito do Pai."

Mateus 11:28

"Vinde a mim, **todos** os que estais cansados e sobrecarregados, e eu vos aliviarei."

## Amizade

"É maravilhoso reconhecer que Deus orquestrou cada encontro, cada amizade, cada abraço e cada lágrima, colocando cada um de vocês na minha vida exatamente na hora certa."

Cada amiga (o), de forma única, deixou sua marca no meu coração. Vocês me apoiaram nos momentos de dúvida, me levantaram quando eu tropecei e iluminaram meu caminho quando eu não sabia para onde ir.

Sou quem sou hoje porque cada um de vocês fez parte da minha história. Cada risada compartilhada, cada conselho sincero, cada gesto de carinho moldaram minha vida, fortalecendo-me, enchendo-me de confiança e alegria.

Vocês são preciosos para mim, e quero que saibam que cada lembrança, cada momento juntos, é um tesouro que guardarei com amor e gratidão para sempre.

Queridos amigos e familiares:

Adriana Miranda, Adriana Rezende, Aparecida de Moraes (mãe), Denis S. de Moraes, Eliane Ferreira, Ernesto Ambrósio, Fabricia Castelar, Jane Leide de Moraes, Luzia Lopes.

Provérbios 17:17 - "Em todo tempo ama o amigo, e na angústia se faz o irmão."